有趣的女子会好命

欧阳茜茜 著

中国出版集团 现代出版社

图书在版编目（CIP）数据

有趣的女子会好命 / 欧阳茜茜著. -- 北京：现代
出版社, 2018.5

ISBN 978-7-5143-7053-9

Ⅰ. ①有… Ⅱ. ①欧… Ⅲ. ①故事 – 作品集 – 中国 –
当代 Ⅳ. ①I247.81

中国版本图书馆CIP数据核字(2018)第096660号

著　　者	欧阳茜茜
责任编辑	杨学庆
出版发行	现代出版社
通讯地址	北京市安定门外安华里504号
邮政编码	100011
电　　话	010-64267325 64245264（传真）
网　　址	www.1980xd.com
电子邮箱	xiandai@cnpitc.com.cn
印　　刷	三河市祥达印刷包装有限公司
开　　本	880mm×1230mm 1/32
印　　张	7.5
版次印次	2018年11月第1版　2018年11月第1次印刷
标准书号	ISBN 978-7-5143-7053-9
定　　价	39.80元

序言　人人都爱有趣的你

有段时间，这句话在朋友圈特别流行："女人就像是一本书，长得漂亮的女人就像精装版书籍，只凭封皮就被人疯抢，而长得不好看的女人则是简装书，打折再打折还是没人购买。"

难道长相就这么重要？

我问过身边的男性，如果在"有趣"和"漂亮"的姑娘之间做选择，他们会选什么。

结果其中一个朋友反问我："难道你不觉得，那些有趣的姑娘外表也很漂亮吗？"

这是一句充满了逻辑错误的话。但仔细想想，似乎还真是这个理儿。简单概括就是，漂亮不会使你有趣，但有趣可以让你变得漂亮。

那么，到底怎样的女子才算得上是有趣的呢？

是会讲段子，言语之间就能把人逗笑？

是能发现生活中别人发现不了的乐趣？

是能正视自己，不以物喜，不以己悲？

似乎都是，但又不全是。

有趣像是一种生活态度，可以是面对爱情的选择，可以是生活中的琐碎日常。

容颜注定会老去，而由幽默、智慧、自律等组合成的有趣，则有长久的魅力。再贵的化妆品，也无法换来有趣给人的魅力。

最初的时候，我对有趣的定义很狭隘，我以为有趣就是幽默，是在面对生活坎坷时的自嘲。

随着生活阅历的丰富，我才知道，原来有趣无处不在。

在爱情的世界里，有趣就是我说的话你都懂，你做的事情我都理解。在职场上，有趣就是不让对方尴尬，不让自己难堪。在生活中，有趣就是善于发现平淡生活中的乐趣，发现普通人的有趣，发现生命的美好，这些都是对有趣灵魂的发掘和放大。

有趣不仅仅是能将人逗乐的一种能力，更是能让灵魂保持新鲜和活力的一种生活方式。

有趣是一辈子的事，它不分年龄，不分社会经济地位，只讲究对待生活的态度，对未来的选择。

好看的皮囊千篇一律，有趣的灵魂万里挑一。

有趣是一个人的教养，也是一个人的心境，更是一种面对生活的态度。

　　有趣这项能力是可以学习获得的，无论是阅读一本书，看一场电影还是进行一场旅行，这项关于有趣的学习无处不在。有趣是一项了不起的技能，有趣的姑娘无论在怎样的环境下都能让生命开出盛大之花。

目录

PART C　有趣，是睿智，是会说话

PART D　有趣，是内心强大，是无所畏惧

PART E　有趣，是淡定，更是从容

PART F 有趣，是知情，是识趣，是修养

PART A
有趣的女子会好命

　　有趣的女子更容易获得别人的好感和欣赏，所以也总是比别的女子显得更幸运些。

我不想三十岁的时候，活得和你一样无趣

大部分女孩生活得都很不易。

小学时，安安静静坐在教室听课，乖巧听话就是优秀。

初中时，齐耳短发、宽松校服就是懂事。

高中时，不早恋，两耳不闻窗外事，顺利考入好大学就是不负众望。

大学毕业后，找一份清闲的工作，早早嫁一个"过日子"的人，穿着平底鞋，围着厨房、孩子打转，才属于正常。

生活里这一切"刻板印象"，就像镣铐一样，紧紧拴住妄图活出自我的姑娘。但凡有谁萌生了反叛的小芽，四面八方的声音瞬间就能把芽苗铲平。

有人说："迎合主流才是对的，按部就班也是一种幸福。"但我觉得，人生还是要有所不同，一眼望去全部一样的未来还值得期许吗？

我在一次旅行中认识了苏薇，那段时间我正被工作烦得焦头烂额，索性收拾了行李买了火车票，来了一场说走就走的旅行。

苏薇就坐在我对面的位置，上车的时候我不小心把在车站买的冬枣撒了她一身。就是这样的一个小插曲，让我俩在那场旅途里慢慢熟悉了起来。

那天我们天南海北说了很多，说着说着就聊到了各自的曾经。她说已经记不清自己八岁那年在干吗，但十八岁的时候，却为了喜欢的人不顾千里之遥去见他。

苏薇大学毕业后，依照家人的安排去医院做了护士，但她却一点儿也不喜欢这个行业。她想看遍所有世间风景，去国外蹦极，去跳伞。于是，她真的辞职了。

二十三岁那年，她在旅途中找到了人生中第一份工作，虽然薪水不多，但很喜欢。

二十五岁那年，她对自己的工作有了新的理解，同时也有些失落。她曾以为这个年龄的自己该在事业上小有所成，但事实上并没有收获。

二十七岁那年，她搬到了上海，只为了能找到生活的精彩和人生的新奇。

她说自己不想踏上父母安排好的路。也许在青春期的时候，看多了旅行的文字，于是渴望着能游遍世界的每个角落，看与众不同的生命风景，哪怕再辛苦也没关系。

我们相遇的时候，她正好三十岁，拥有一份需要良好英语口语、优秀交际能力的高薪工作，她说这些能力都是有趣的生活赐予她的；她还拥有一个幽默帅气的男友，美籍华裔，他们相识于一次旅行，最后男友决定跟随她的步伐落根上海，她说这是有趣的灵魂带给她的。

对于三十岁的苏薇而言，美好的生活才刚开始而已。

看，做一个有趣的女子，太重要了。为了写好一个专栏，我曾对公司的女生们做了一次采访："你想对三十岁的自己说点什么？"办公室一位二十四岁的行政小姑娘说："我都不敢想自己三十岁是什么样子，大概会穿着宽松而鲜艳的衣服，睁着有了鱼尾纹的双眼，领着孩子去上幼儿园吧，想想就觉得好恐怖。"

于是我问她："为什么你会有这样的想法？"

她说："周围的人都是这样生活的呀，三十岁的女人已经迈进了已婚妇女的行列，嘴里永远只有三件事：别人的家长里短、自己孩子的成绩、不会赚钱的老公如何招人嫌。"

我很诧异："这么消极的未来，你没想着去改变吗？"

她的回答竟是："那时候我都三十岁了，还要折腾什么呀！"

我认识一个很成功的女演员，当问及她如果在工作中觉得累了，要怎么坚持下去，她说："我会看别人，像川久保玲，七十多岁的年纪了依然活跃在喜欢的事情上。"

所以，年龄从来都不是一串符号，它只是记录人生时光的一种方式。同样的年龄，也许你会很成熟，也许很孩子气，但不管怎样那都是你，与别人无关。不论是二十岁、三十岁、四十岁，还是五十岁。

年龄这个数字只是代表你的人生已经迈入某个阶段，但并不能成为你以自己喜欢的方式生活和工作的障碍。

《无声告白》中有这样一句话："我们终其一生，就是要摆脱他人的期待，找到真正的自己。"

我们不需要按照任何人做好的模子生活，做自己就好了。每个年龄都只是人生的一个阶段。三十岁、四十岁、五十岁……都不可怕，它们并不是一个终点，相反可以成为人生新旅途的起点。

只要保持有趣的灵魂，你的生活将充满惊喜。

你有多有趣，生活就有多美好

我在二十五岁的时候，决定我一生的追求就是做个有趣的人。我希望自己对生活永远保持纯粹的好奇心，希望在各种状态下有自己的观点，也能接受别人的建议；希望生活永远都有新鲜感。

当我把这个目标说给别人听的时候，有人问我，什么才算是有趣？

有趣的范围实在太大了，但我觉得有趣和优秀无关，和幽默无关，但却是比这两种品质更珍贵的存在。

我去成都出差的时候，遇见了霜霜，她在当地经营着一家很有格调的米粉店。她的生活日常除了看店，就是读书，一家三口其乐融融。

第一次去她家吃米粉的时候，霜霜穿了一件针织绣花披肩，头发扎起一半，脸上画着精致的妆容，加上店里趣致的设计，让人怀疑自己走进的不是路边的米粉小店，而是高档的西餐厅。

这样的女性，我以为她是那种每天开车到市中心的特色咖啡馆吃下午茶，然后晚上到清吧和朋友聚会，最后俘获高富帅，嫁入富裕人家做全职太太的人。

不过霜霜的存在似乎就是为了证明，人生没有剧本，外表永远不代表灵魂。

初识的当日，她坐在店里和我聊天，从天南海北哪儿有好玩好吃的，说到新时代女性的气质。在她看来，一个成功的女性，要有豁得出去的气魄，拿得出手的疯狂，该励志的时候要奋不顾身，该清醒的时候也要刹得住脚。人生要上就上《新闻联播》，绝不出演八点档的通俗剧。

我当时对她简直佩服得五体投地。那种摆脱生活桎梏，风里来雨里去，见惯人生百态，尝过情爱甘苦，最后发现平淡是真的人，才是见过了人生精彩的人。

我下午1点去吃的米粉，离开她家米粉店的时候，已经是晚上11点。

三天工作结束后，我准备离开成都，霜霜的电话打乱了我的计划，她强烈要求我参加晚上在市中心广场举行的一场露天摇滚音乐会。

为了这个新朋友，我把机票延迟了一天。

晚上的中心广场很热闹，黄色的灯光照着整座广场，所有人围在一起放肆大喊。9点整，音乐会如期开始，那一刻我才知道原来霜霜竟是这个乐队的主唱。

如果实在要说，那一晚其实并没有发生什么事情，但却给我无限的震撼。我第一次发现，原来在这位身高一米五五的姑娘身体里，竟蕴藏着那样大的能量。我听见她在台上唱着："青春不老，时光不散。"

那一刻我知道霜霜不一定能上《新闻联播》，但她的人生却一定会精彩过晚上8点档剧情。

被我记住的初中同学实在太少了，陆瑶是其中一个。印象里有一年冬天特别冷，我们都在教室跺脚取暖，她裹着一条厚重的棉被来到教室上课。

那时候每天都要上早自习，所有人睡眼惺忪去上课，只有她从教务处要来一沓空白的病例条，每天在上面写着稀奇古怪的病，躲在被窝睡懒觉。

她的桌子很乱，各科试卷叠在一起。常常是老师在讲台上评讲试卷，大约过了三十分钟我们听了轻嘘一声，就知道她终于找到了试卷。

她上课基本很少认真听讲，书包里总是装满了稀奇古怪的小物件。有一次我甚至见她从里面拿出来整整二十四个哆啦A梦的不倒翁模型。一个个整齐地摆在桌子上，时不时戳一戳，然后嘿嘿笑上几声。但即使这样，她的数学、英语、语文成绩也特别好。

她在我们班的人缘很好，人也很仗义。早上醒来第一件事就是去食堂打饭。那时候一到饭点儿，几百人呼啦啦都奔向食堂，仅有的几个打饭窗口早早就排了长长的队伍。于是不少人在前一天晚上把饭卡给她，拜托她帮忙买饭。

她又很感性，有次语文课学《项脊轩志》，老师朗诵到"庭有枇杷树，吾妻死之年所手植也，今已亭亭如盖矣"，她小声哭了起来。

那时候班里的女生流行看可爱淘的书，但是她不喜欢，她看各种篮球杂志，爱科比。不是为了跟男生们有谈资，她就只是热爱。

她的性格里有毫不做作的善良。某个下着大暴雨的中午，一个男生抱着厚厚的一摞试卷，歪着脖子夹着伞从教学楼出来，她冲上前去问："需要帮忙吗？"

周围那么多学生经过，只有她想到伸出援手。

那时候我只觉得这个女生很好看，但是好看的女生太多了，一班班花、二班班花……初一级花、初二级花，甚至校花……随手一数，美丽女生真不少。生活中永远有更好看的女人出现，这些人的面容会在第一眼让人惊艳，但并不一定就能让人保持长久的喜欢。

但我对陆瑶的喜欢却持续了很久。直到长大以后，我依然对陆瑶念念不忘，这大概就是因为她实在太有趣了，她的有趣为我枯燥的学生生活增添了各种颜色，让我在灰暗的青春期里感觉到校园生活还是有那么一点意思的。

大学的时候，我的广告学老师是一位女博士，第一天上课就告诉我们，她的课从来不点名，唯一的禁忌就是不能在课堂上吃火锅。

课堂上当然不能吃火锅，但是因为这句话，选修她的课程的学生很多。

她出身于书香世家，上课的时候总喜欢给我们讲一些她自己经历过的事情。

她说她上大学的时候，曾去参加一个时尚晚会，周围所有人都穿高档礼服，绷着一张严肃的脸。只有她穿着白衬衫和牛仔裤，傻乎乎、乐呵呵，结果却莫名其妙地成为晚会的焦点。

　　我楼上的姑娘喜欢植物，空余的时间都花在研究自己的盆栽上面。

　　她的阳台不大，别人都在上面放一些杂物，或者摆一张桌子，她却直接买了一张四层花架，去花卉市场挑选盆栽，搭花架，打理植物，一点点地建成了一个小小的植物乐园。

　　她专门申请了微博号，每天在上面分享自己养植物的小心得，不同的季节拍下自己种的花，时间久了也吸引了一大批有相同爱好的粉丝。她的朋友圈总是充满着诗情画意的抒情，像是把每一天都过成最好的一天。那些温暖又细碎的话语和她精心打理的小花园，让她的形象变得鲜活起来。

　　工作上她还是那个平凡的小职员，但是在自己的阳台上，她成了自己的植物女神。

　　有趣必然受到欢迎，因为大部分人被生活摧残得忘记了有趣，大多数人的生活枯燥而乏味。

　　有趣决定了你的生活方式是喜剧还是悲剧。一个女子如果能把生活过得有趣，那么即使她在物质上没有那么丰富，精神也会无比富足。

有趣的女人就像一张藏宝图，别人能在她身上破译谜底，而她自己也能过得舒适又惬意。

有趣的女人，她们从不执着于眼前的金碧辉煌，不在乎是骑单车还是开宝马。她们追求的，永远是一种快乐而年轻的生活方式。她们不会害怕独处，也不会觉得孤独。

在生活中无论遇到什么苦涩，她们都能找到方法去抵御。有趣能让她们在面对生活的磨难时变得更从容。

要相信，你有多有趣，生活就有多美好。

做自己想做的事，生活可以比电视剧更有趣

2016年底，单位组织员工出境游，几轮投票筛选后选择了日本。到了东京第一站，不少同事选择在新宿淘一些有趣的小物件。我在迂回的道路中竟然拐到了一家风格很独特的书店门口。

书店一侧摆满了绿色植物，另一侧竖着一个木制展架，上面用很俏皮的文字写着某个活动宣传。出于好奇我走了进去，顺着一楼指示牌到了二楼才发现，原来书店正在进行"西本奶奶"的自拍摄影展。

"西本奶奶"全名是西本喜美子，是日本这两年突然红起来的"自拍女神"，因为她已是八十九岁高龄，于是粉丝们索性昵称她为"西本奶奶"。

看她的自拍照片能从中感受到生命的优雅和芬芳，看完之后更能从中获得满满的元气，仿佛看到她穿越时空回到了青春

时代。

明明已经迈入垂垂暮年，但照片中却是童真童趣的各种想象。不仅cos婴儿、青蛙、蝴蝶、毛毛虫，偶尔还会化身"街角垃圾桶""秋天落叶""花盆里的一棵树"等。明明是老妪的身材，动作却是粉红色的少女心，她以纯净的心灵和有趣的灵魂，与生活对话，与世界嬉戏。

西本奶奶的人生经历感染了很多的年轻人，还得到了不少专业摄影奖项。最让人们感慨的是，她的摄影生涯其实是从七十二岁才开始的。

在如此高龄开始做一件自己之前完全不懂的事，最大的动力，就是她那有趣的灵魂。

年轻时候的西本奶奶一直经营着一家美容院，某次她看到弟弟在一场自行车赛上获奖后，发现自己竟也对自行车运动心生向往。在众人惊讶的目光里，她关掉了美容院，练起了自行车并霸气立下誓言："我要成为自行车的女人。"

直到二十七岁，遇到了时光给她最好的礼物——她的丈夫，两人迅速坠入爱河。婚后的"西本奶奶"便退出了自行车的世界，为丈夫生育了三个孩子。

真正有趣的人，就是无论在什么年龄，都能让生命迸发出耀眼光芒。

七十二岁那年，西本奶奶在旅游中爱上了相机，而这一次，她要成为"相机的女人"。

爱上拍照的她，在空闲的时间里，总是要跟着朋友到处走走拍拍，即使她常被老公调侃是十八线摄影师，她也乐呵呵的。拍一些好玩儿的照片，能愉悦自己的心情，有趣便坚持下去了。

七十四岁那年她开始接触修图软件，于是每天最大的乐趣就是将拍出的图片，用软件处理成自己喜欢的韵味。

谁都没想到，就是这位看似蹩脚的十八线摄影师，在十多年后竟然成了网上的自拍女神。

看来能抵抗岁月对生命无情摧残的，唯有有趣的人生。

我做记者的时候，认识了蒋小鱼。那年冬天很冷，北方提前开始了供暖。我们在办公室查资料的时候，突然被一阵敲门声打断，那是我第一次见到她，她穿着一件黑色羽绒服，戴着帽子，整个人瘦瘦小小的。她说想给山区的孩子捐一批衣服，却不知道途径，于是来报社打听一下捐赠流程。

这几年来报社打听怎样参加捐赠活动的人并不少见，尤其一些企业想给自己的品牌赢得社会美誉度，几乎都是选择做公益捐赠，或者捐桌、椅、书籍，或者捐米、面、粮油，植树节给学校捐树苗的都有不少。

但是蒋小鱼不同，当时她只代表个人而来。她说自己在整理衣柜的时候翻出了一些旧衣物，虽然自己用过，但质量都很好，当垃圾扔掉有些可惜，所以想捐给需要的人。

这样的事情，我们生活中其实都碰到过，但真为了几件衣服特意去联系福利单位的，却只是少数。

同事见只是这些没什么新闻价值的旧衣服捐赠，便失了兴趣，拿出一个档案让她留下捐赠信息，等有需要时联系。那时我刚毕业没多久，被安排负责这件事情。

初入职场，我每天接触形形色色的人，在城市的各个角落奔波，这件事很快就被我遗忘。大概一周后，蒋小鱼给我打电话询问事情进展，那时我刚因为一篇新闻稿有问题而被主编责备，火气上涌，语气很冷淡地回复她："蒋小姐，您捐赠的衣物太少了，我们这里没有合适的地方，要不您自己坐车到山区看看，随便找户人家送出去算了。"

她后来说了些什么我已经记不清了，只知道连续十几天都没了她的消息。再后来我在一次公益活动中又见到了她，原来她已经自己申请了一项慈善基金。

蒋小鱼的募捐活动并不顺利，最初的时候，周围的人冷嘲热讽，甚至有人恶意揣测她的本意。

面对多方质疑，她不仅没沉寂下来，反而把声势做得更大。她开车到山区拍了那些孩子的日常生活，又自己出钱在报纸和公交站亭打广告，希望以此让更多的人关注"山那边的孩子"。谁也没想到，志愿者的工作她一做就是六年。

她从来没想过把自己禁锢在平凡生活的框架里，这个总是带着纯真的笑容，身材瘦小的姑娘，骨子里却藏着一股勇敢的力量。

做志愿者的时候，她发现自己需要大笔的钱，于是成立自己的工作室，承接了从摄影到文案的商业广告内容。

她在网站上写歌词，去年的时候她还出了自己的随笔集，里面有她这二十几年里遇见的形形色色的人，以及对生活的感想和思考。

她几乎干了所有文艺女青年该干的事。没有那种自怨自艾和伤春悲秋的文学腔调，却多了一份责任和担当的生命情怀。

她可以穿着长裙在咖啡厅里安静地读一下午的书，也可以布衣长裤步行几十里到偏僻的山区和农家的孩子一起玩耍、劳作，成为无话不谈的好朋友。

她可以云淡风轻地面对所有的质疑，却会在看到孩子用冻裂的小手写字时流泪。她不动声色地做一切想做的事情，不向世俗解释，也不畏惧世俗误解。

其实我们身边并不缺少这样的姑娘，她们的征途伴着星辰和大海，不受困于世俗名利和流言蜚语。她们永远青春，永远热血。她们只做热爱的事，只爱最爱的人。她们见过低谷的风景，也看过青天中的山巅。

大学毕业后我就没见过萱萱，本来以为已经销声匿迹、回归平淡的她，突然有一天风尘仆仆地归来。那时候我们才知道，原来这个特立独行的姑娘真的放下一切，跑去非洲游学。

她用相机当眼睛记录了沿途风光，用最纯粹的姿态捕捉这个世界。在她的镜头下，能看到非洲草原野性之下深藏的温情，画面充满着静谧、祥和的幸福感。

在游学的过程中，她见到太多因为人为干预而受伤的野生动物，于是又加入了非洲野生动物保护志愿者的行列。

当我们大多数人被所谓的职场麻痹了神经，当我们已经习惯了周而复始的生活，她却一个人在世界的许多角落走走停停。

她说过去的三年让自己成了大自然的野姑娘，也更懂得敬畏大自然。

她说自己差点就见到了死神，那一次她为了更好地观察非洲野狮，便搭了帐篷准备在户外休息。幸运的是当晚因为一个电话她改变了主意，于是只在帐篷外留下了摄像机，而自己回到车上去处理一件私事。

第二天她在帐篷外见到了狮子新鲜的粪便，摄像机清晰记录了那一晚狮子在她帐篷外活动的画面，如果她在帐篷里该是危险至极。

但即便如此，她也从没想过停下脚步，她说总要趁着自己跑得动，去更多的地方看看。时光留不住韶华，在有限的生命里，她让自己的灵魂变得有香气。

她平时素面朝天，衣着朴素，但却比某些有着精致妆容的明星更加耀眼，让我们羡慕和敬佩。

这世界光鲜的皮囊太多，有趣的灵魂万里挑一，而能将生活、工作和爱好打理得有趣而自律的女子，谁能不爱她？

姑娘，请保持你的野心

周末的时候，乔珊拒绝了父母安排的一场相亲。

"我可以不结婚吗？现在事业对我才是最重要的。"她说，当自己说出那句话的时候，原以为会引来轩然大波，结果，爸爸只是叹了口气，妈妈沉默了半天，偷偷看了爸爸一眼，说："也行，婚姻也讲究个缘分。"

我问乔珊是不是真的不想结婚，她说不一定，只是现在所有的精力都放在了工作上，每天脑子里除了策划方案，就是宣传数据，甚至周末也在不断地学习充实自己，真让她下了班就和所谓的男朋友卿卿我我，两人悠闲地说些"今天吃了什么"的无聊话，她反而觉得是在浪费时间。

想想也是，对于正处于二十五岁到三十岁这个年龄段的女孩子而言，整日里最烦恼的事情大概就是：我什么时候才会升职加薪走上人生巅峰，怎样才能拥有让大家艳羡的生活？

随着社会对单身女性的认可，越来越多的姑娘加入了单身的行列。

十几年前的偶像剧里全部是"王子与灰姑娘"的爱情故事，而十几年后的今天，人们已经被各行各业的"大女人"俘获。

大众对女子的审美也已经从攀附男人的"菟丝草"，变成了在各行各业呼风唤雨的"女王"，就好像那个经典的关于爱情和面包的选择。老电影里的男女主可以为了纯粹的爱情放弃一切，那是真的有情饮水饱。但到后来，大家开始推崇"面包我可以自己挣，你给我爱情就好"的理念，那时候网上的段子层出不穷，比如，"我这么努力就是为了有那么一天，当男朋友妈妈给我一百万让我离开她儿子的时候，我可以扔两百万告诉她，让她儿子离开我。"

而现在社会上又出现了另一番"男子无用论"，不少姑娘都在说，男人对于自己而言是无用的，因为钱她会赚，饭她会做，衣服她会自己洗，架她会打，想看电影，她可以自己去。想要的衣服包包可以自己买。

如果结婚后，她还要给老公做饭洗衣料理家务，生孩子照顾家庭，最后自己变成令人厌烦的"糟糠妻"。

有网友抨击现在的姑娘太势利，失去了传统女性"相夫教子"的美德，整日宣扬"女权主义"的歪理论。

难道女人真的得在三十岁之前结婚吗？婚后的女人就必须把重心放在家庭里吗？难道真的要为了所谓的爱情放弃自己的事业？

五年前，我和晏晏聊天，她特别意气风发地告诉我，以后她要多赚钱。

我有些意外，这个向来不喜欢被世俗羁绊的姑娘究竟遇到了什么事情？

"你不知道，我前两天参加一场初中同学聚会，第一次尝到了那种被轻视的滋味。"晏晏的初中是当地一所重点中学，上学的时候大家比拼的都是成绩，而晏晏作为年级学生代表，成绩向来稳占年级前五。谁料毕业七八年后，大家各奔东西，再聚会感情疏远了不少，人也竟像都不认识了一样。

曾经那个调皮的孩子，没考上好的大学，早早出来创业，已经是当地小有名气的企业家。那个处处不如晏晏的姑娘，大学刚毕业就嫁给了一个二婚中年男，过上了"豪门太太"的生活。而曾处处优异的晏晏，成了聚会里的"穷书生"。

晏晏说，当那些人在饭桌上一边炫耀自己的宝马、香奈儿，一边鼓吹"读书无用论"时，自己恨不得学一学电影里的场景，一脚踢翻饭桌，扬长而去。

但最后她还是沉默地离开，晏晏说："我要用她们信仰的金钱砸得她们承认读书后的格局就是不一样。"

五年里，晏晏从小职员到高高在上的奢侈品地区总监，身边的朋友从最初的塑料姐妹花，到后来的富二代白富美。她的居所也水涨船高，从偏远的郊区平房，到市中心的单身公寓，最后到了都市别墅。

在不断努力后，她终于过上了渴望的生活，虽然中间波折不断，但她那从不停歇的物质欲望，一步步促使她成为野心家，驱使着她不断地拔高自己的人生目标。

野心和欲望，有时会让人迷失了初心，但也会让一个人魅力四射。

生活中总是充满着各种悖论，但野心本身，不过是一个梦的影子。

晏晏就是这样的姑娘，她把野心写在脸上，付诸行动。她出身普通，刚毕业时，只买得起便宜衣饰，长相也谈不上美，但那时她骨子里天生的野劲儿，撑起了她对生活的欲望。

有很多人被她的魅力吸引，也有很多人不喜欢她，可无论他人喜欢与否，她都不会太在乎，她清楚知道自己想要的是什么。

毕竟有野心的女人，永远比懦弱的女人更有魅力。她们知道该到哪里去，于是全世界都会让路。

长久以来，野心似乎只有放在男人身上时，才会被认同。一个野心勃勃的女人，总会被贴上"不安分"这样略含贬义的标签。

但我一直觉得女人有野心，清楚知道自己想要什么并没什么不好，这种野心反而是她的趣味所在。

老虎奔跑捕猎时，才显出自身的威猛。猫咪伸出爪子挠人时，才最灵动可爱，有些女人的野心就是玫瑰上的刺，玫瑰有刺才娇媚。

有的女孩从小大到都太懂事了，这种懂事不是听话，而是怯懦。喜欢的东西不敢要，怕被父母责骂。遇到困难不敢开口求帮忙，怕被拒绝。

她们总是处处为别人考虑，活在别人的眼光里，永远按照别人的要求刻板生活，久而久之，竟然忘记了自己想要的是什么。

这样的女孩一眼就看得到底，相处久了便索然无味。女人的野心可大可小，说大可以大到像杨澜说的"我的心中有个模糊的梦想，要去探索一个更大的世界"，说小也可以小到像新网红Papi酱说的"我心里隐约知道自己能干点事，但是又不知道自己能干点什么"。

有野心的女人都很有趣，她们不会把自己的视野局限在鸡毛蒜皮的日常里，不会把自己扎在平庸的人堆里。她们总是野心勃勃、激情澎湃地要去追求更好的自己。

我的表姐，毕业考研失败后，带着所有的骄傲回到家乡，拿着一个月不到三千元的工资在体制内过上了朝九晚五的生活。

她看着身边的同事每日讨论的都是家长里短，为一点鸡毛蒜皮的小事而争执，她不甘心自己还没奋斗，就沦丧到与他们为伍。

"当你的能力撑不起野心的时候，就请丰富自己。"她辞掉了别人眼中的"好工作"，每天把自己关在租住的小公寓里，不参加任何娱乐活动，每周末逛街也多是去书店查阅资料。备考四个月后，她终于考上了北京某重点院校的研究生。

而在这之前，周围人说起她，大多选择用八卦的语气，谈论着她的"不知天高地厚"，结尾还要摇摇头叹一下读书读傻了，学历再高也不如嫁得好。

毕业后的表姐给了那些人一记响亮的耳光。她留在北京一个高薪企业，因为自身的优秀和有趣，她身边优质的追求者不断，甚至有曾嘲笑过她的邻居，拜托她给自己有稳定工作的女儿介绍对象。

女人的野心能让她不畏惧他人的看法，不甘心屈服于失败，努力做最优秀的自己。

就像一个名人说的："女人最使男人留恋的，并不一定在于感官的享受，主要还在于生活在她们身边的某种情趣。"

有趣的女人对这个世界充满了幻想和好奇，她们积极探索世界的美好，不放弃自己，她们不在乎被谁放弃，只在乎自己能不能过得更有趣。

有趣的女人不仅有上位的野心，也能为之付出与野心相匹配的努力。她们可以凭借自己的实力让生命开出鲜花，也能在春意盎然的世界里享受美好。

嫁给生活，不如嫁给有趣

一个热门论坛曾出现这样的帖子：没有房子的男人能嫁吗？有一位网友在这个帖子下洋洋洒洒地从家庭格局到未来生活，从婚前财产到婚后还贷，几乎全方位剖析了这条帖子提出的问题，而后得出结论：不能嫁。

这一条长达千字的回复短短十几分钟就被顶上了热门，有人在帖子下抨击该网友太市侩，也有人在帖子下赞叹其拎得清。

但我觉得，结婚不仅是嫁给了生活，更是嫁给了灵魂。选择嫁给生活不如嫁给有趣。

曾经一个知名女性情感博主，在微博上发起了一个话题：如果现在让你忽视一个男人的所有缺点，并给予他最高评价，你会用一个什么样词来形容他。

在经过粉丝激烈的投票选择后，终于有一个答案以压倒性的优势获胜，总结起来只有两个字：有趣。

用一个粉丝的话来说就是，有趣跟有钱一样，对女性的吸引力是致命的。

那么究竟怎样才算是有趣？

有趣不是只会讲段子，不是油腔滑调的甜言蜜语，也不是简单粗暴的只知道给女朋友付钱，更不是浪漫主义认为的，做一些看似很有意思实际却没丝毫用处的事情。

真正有趣的男人应该是机智、幽默、情商高。他们善于用幽默打破僵局，化解矛盾，与他们相处，更让人舒服，更能给人安全感。

这样的人，怎么可能没有魅力，怎么会不吸引女人？

王小波说："一辈子很长，要跟有趣的人在一起。"

这句话堪称真理。无论是恋爱还是结婚，和有趣的人相处，生活至少能增加百分之五十的乐趣。尤其是婚姻，余生这么长，有个有趣的伴侣实在是太重要了。

有趣的男人，就是婚姻里的保鲜剂，婚后效果更加明显。

我大学同学姜月，毕业后就结婚了，尔后这四年我们就再也没见过面，我对她的印象还停留在大学那会儿。

她是我们班有名的段子手，活泼好动又爱笑，再平淡的一件事，从她口中说出来，就添了几分幽默。

再见她时，我竟差点没认出来。她眼睛里藏的那份少年时代特有的灵动不见了，笑容也没那么迷人了，眼神也暗淡了许多。

我俩聊了许久，多半都是听她聊着这些年的遭遇。

她说刚结婚那会儿，自己喜欢讲笑话，每次都能把自己逗得肚子疼，但是她老公没有一点反应，偶尔还会觉得她幼稚，慢慢地她就不讲了。

她想把家布置得温馨一点，往家里买了一大堆的盆栽，买了各种有意思的小器皿，想象着自己偶尔烤个蛋糕、养养花草，根据各个节气换换家居用品。可是她老公从来不会欣赏，反而觉得是在瞎折腾。

她发现不论怎么做，她老公都是一副无所谓的样子，对生活除了工作就是吃喝拉撒睡，没有其他的趣味。

时间久了，她索性也不折腾了，生活开始变得程序化，渐渐地一切都索然无味了。

送走姜月后，那一段时间我开始留意大家的生活变化，没事的时候就刷朋友圈。结果我发现，超过一半的女性朋友在微信朋友圈里秀的都是与家庭有关的一切，她们全部的重心几乎都是围绕着老公和孩子。甚至有曾在上学时被我视为偶像的学姐。她曾如此优秀、有趣，充满魅力，但现在，她与一般的家庭主妇无异。

也有例外。

以前与我同一个实验室的女孩，那时的她瘦小、内向、毫不起眼。但现在她的朋友圈信息却令人向往，一次次的旅行、各种俱乐部的集会、关于健身的一切、越来越好的身材和越来越美的笑容……是什么让她变得如此魅力四射，我好奇不已。

直到后来我们的一次聚会，让我豁然开朗。当她站在自己风趣幽默、谈吐卓然的老公身边时，一切都明了了。是他让她的人生变得更美更好。

作家苏心说："婚姻，说到底就是一场对手戏，如果一人轻歌曼舞，一人置若罔闻，你在戏中，他在戏外，永远都不在一个频道上，又怎么能演好？"

而我们，终究是要和一个有血有肉有温度的人在一起，才能感知到生命的快乐。

你离活得有趣还差一次"叛逆"

我在广西旅行的时候遇见了一对"80后"小夫妻，开辆凯美瑞，辞了工作，带着一个小孩从上海出发，打算沿中国边境线顺时针一周。我问："为什么要这么做？"

他们说："学校太闷，希望带孩子出来看看。"

我说："这要多久啊？"

爸爸说："不晓得，到了就会知道。"

那天下午5点多，高速路上，群山环绕，夕阳初现，车里忽然响起了《西游记》的主题曲，我们一起唱了起来："你挑着担，我牵着马，迎来日出送走晚霞。踏平坎坷成大道，斗罢艰险又出发，又出发……"

这一家三口的"顺时针之路"，前途漫漫，能否到达无人知晓。但能够上路，本身就是一种勇气。

　　我从大学毕业到现在已经五年了。我们宿舍一共六个人，有四人在这五年里换了工作。

　　大学毕业那年，我们各奔东西，央视、省级报社、当地电视台。有些人去了众人羡慕的国家单位工作，剩下的一些人去了大型央企或私营企业。

　　今年唯一一位还奋斗在省级报社的姑娘也辞职了，在按部就班工作了五年以后，她回了家乡，在当地开了一家宠物工作室。

　　五年的媒体人工作经验，她没有选择一个差不多的行业或者职业，而是直接跳进了一个全然不同的新环境、新行业里。

　　她辞职的消息在那个小家庭里掀起了一场大风暴，从父母兄妹到七大姑八大姨，所有人都打电话责备她太意气用事。

　　她父亲甚至皱着眉头怒吼："你以后不要后悔！"

　　那时候，她感觉全世界都放弃了自己。一个人孤零零地站在那里，曾经心中最坚实的壁垒如今生出毛刺，带给她尖锐的痛。

　　她咬牙说："一定不后悔。"

　　她说其实自己很明白父母的担忧是什么。快三十岁的姑娘，依然单身，如果要结婚的话，那么报社的工作比一个宠物工作室创业者更有优势。

但是，所有有趣的生活，都需要一次"叛逆"的出逃。

她爱宠物的历史实在是由来已久，大学时她偷偷在宿舍养乌龟、兔子、猫。毕业第一年她养了第一只阿拉斯加，此后，家里的宠物以每年一只的速度增加。

辞职的时候，她已经养了三条狗和一只猫。她给每一只宠物都起了名字，并且把它们照顾得很好。

每逢周末，她都要带着三条狗去郊外旅行，看着它们在草坪上撒欢，心情很好。

周围人常戏言："你把陪伴男友的时间，全部用来陪伴宠物，难怪现在还在单身。"

也有人问她，照顾这样三条大型犬不累吗？

她笑笑："其实何尝不是它们在照顾我。"

工作第一年的时候，她接到一个新任务，在报纸上创建一个新栏目，从策划创意到文字编辑再到客户沟通，全部都是她一个人在做，半年后栏目出炉，猝不及防的她收到了来自各方的评价。有褒奖赞扬的，也有私底下各种讽刺的，那些尖酸刻薄的语言有阵子让她心情崩溃。也是在那时候，她养了第一条狗，取名"团子"。

每天无论回家多晚，打开门第一眼都能见到"团子"摇着尾巴，站在门口等她，然后疯狂地拥抱她。那时候，她告诉自己不能倒下，家里还有"团子"等着自己。

从此她喜欢上网分享各类萌宠小知识，分享养宠物的酸甜苦辣，也因此遇到了几百万有共同爱好的网友。

大家来自天南海北，因为爱宠，所以聚在了网络，他们戏称自己为"铲屎官"。也是在这些朋友和宠物的陪伴下，她的生活逐渐回归常态，心态也变得平和。

每天下班后，虽然身体疲惫，但当她牵着三条身高一米、体重一百多斤的狗在小区散步，心里却很踏实。

偶尔生活中她也会遇见志同道合的人，在见到她的爱宠时，若是有人赞叹，"哇，好可爱的狗"，那一刻，她会觉得整个世界都开满了鲜花。

但是，生活也并不是永远都那么美好，当她在网络上看到有人虐待宠物时，见到那些人用极其残忍的手段杀死曾经陪伴自己的宠物时，她觉得自己应该做些什么。

然后，她开了自己的宠物工作室，开始收养一些城市里的流浪猫、流浪狗，给它们驱虫、治病，然后再送给需要的家庭。

她也会给这些宠物照相，会录制各式各样的宠物视频，宠物生病会帮忙介绍宠物医生，并将这些内容发布到网上，以此影响更多的人加入到善待宠物的行列中。

渐渐地也会有人来咨询她怎样才能更好地与宠物相处，她说，这是自己热爱的新生活。这个最能治愈人心的宠物世界是如此令人温暖。

她也在朋友圈写下这样的句子："任何不能做自己的时光，都是对生命的浪费。"

"以前我总觉得，有一份大家口中所谓的好工作，有不算差的社会地位，朝九晚五的工作时间，作为一个媒体人，一个姑娘，人生应该别无所求了。"

"可惜，那个时候的我们还太年轻，不知道岁月那么长，有趣的事情那么多，而我也想看看自己除了在报社按部就班地工作，究竟还有什么值得去热爱和追寻的。"

这是她发表在朋友圈为数不多的生活信息，引来无数人的点赞。似乎正是这样简单的语言，却戳中了无数人的痛处。

许多人在工作了三年、五年、七年以后，整个人都变得麻木，渐渐地仿佛成了流水线上的机器人，早已经忘记了曾经的热血和初心。

太多人想逃出一成不变的生活，但并不是所有人都有勇气。

我们有一大堆的借口，要还房贷、车贷，孩子的奶粉钱、教育费，而辞职后的各种风险，自己并没有能力承担，于是面对新环境，我们总会畏首畏尾。

但是，不走出舒适圈子，不来一次所谓的"叛逆"，你永远不知道生活里还有太多可能。

我曾经的同事S小姐，在工作六年后突然辞职，准备报考国内一所专业院校表演专业的研究生，要知道她的本科专业是计算机科学与技术。当她向我们宣布这个决定时，虽然所有人都给了她祝福，但大部分人却在私底下嘲笑她。不外乎觉得人家年龄不小了还做白日梦、明星不是一个大龄丑女想做就可以做的……

但我却发自内心地替S高兴，在工作这么多年后还能坚持自己所喜欢的，并真的能为此一搏，就这一个层面，她已经成功了一半。

S如期入学，迎着身边一些不怀好意、等着看戏的目光。现在，她即将毕业，也已经顺利拿到国内知名话剧团的offer。她的未来几乎能预见将是多么有趣和快乐。而曾经笑话她的人，大多原地踏步，生活枯燥而无望。当她们开始羡慕S的时候，才幡然觉悟，自己的人生也多么需要这样一次被人嘲笑的"叛逆"。

其实，工作了很多年后，我们已经习惯了在一个熟悉的圈子里生活，习惯了活在别人的价值观里。于是，当面对改变的时候，很自然地会茫然，会害怕，会不知所措。

但是，只要你克服了眼前的困难，未来的你一定会感谢现在努力折腾的自己。

PART B
男人偏爱有趣的女人

怎样才能成为别人冗长生命里最难以忘怀的那个女子? 答案是, 把自己变得有趣。

会撒娇也是有趣的一种

前几日在朋友圈见到一个小段子，说现在的姑娘找对象不是为了谈恋爱，而是为了证明自己的女人力。男朋友拧不开的瓶装水，自己龇牙咧嘴也得拧开；男朋友故意撩拨她说的笑话，自己得想出一个更好笑的；甚至男朋友一分钟才回复的微信，自己得五分钟才能回复。原因很简单，作为新时代的女子，得有时刻准备着离开谁都能生活的能力。

如果只是生活或工作所需，我也能理解，最纳闷的却是姑娘们谈个恋爱也要时刻维持自己的"女汉子"形象，一副扮酷的模样。和男朋友发生了争执就必须来一场"华山论剑"，争个你死我活的输赢才能解决问题。姑娘，你怎么了？

我的朋友小雷和礼慧在一起已经七年了，身边的朋友总戏称他俩"老夫老妻"，但即使七年时光过去，只要有他俩的地方，仿佛整个世界都变成了粉红色。

在小雷面前，礼慧丝毫不克制对小雷的爱意，毫无保留地卸下所有防备，像小朋友一样嗲声嗲气地要亲亲要抱抱，没羞没臊地调个情、撒个娇。而小雷对此照单全收。

在一次聚会中，我向礼慧请教恋人之间怎样才能如他俩这样甜蜜相处。

礼慧很神秘地告诉我："你只要记住，在爱情里能用撒娇解决的问题，一定不用'暴力'。"

仔细想想，这一句话堪称恋爱宝典里的经典。毕竟恋爱不就是"你在闹，他在笑"吗？在爱情里，恰到好处的撒娇是感情的催化剂，甘于示弱也是温柔的表达方式。

不知道从什么时候开始，女子扮得酷酷的开始成了一种新时尚。无论是软萌的妹子，还是清新的小女生，都爱在朋友圈里标榜自己是"女汉子"。

更夸张的是，有些女子混淆了"独立"和"邋遢"的概念，为了区别自己异于他人。她们穿着塑料拖鞋，穿着睡衣外出就餐，看偶像剧就开始吐槽："这个男的眼瞎了呀，这女主脸上的粉里三层外三层还夸她素颜清新可爱俏佳人。嗲声嗲气一看就是白莲花……"末了再来一句，"为什么我这么好还是单身，而那些心机女孩却都找到了男朋友？"

　　甚至这些姑娘会很鄙夷地看着那些黏在男朋友身边的女孩子，再从鼻腔里哼出一句："一点儿也不独立，丢人！"

　　姑娘，你的理解可能有误。"女汉子"并不是独立，会撒娇也不是失去自我。

　　"你有没有想我""我想要你陪陪我嘛"这些娇嗔模样的背后，都是爱的表现。"你有一千种生气的方式，他就有一万种哄你的妙招"，最好的爱情不过如此。

　　某次礼慧和小雷吵架，各执己见，眼看双方战事爆发即将赤手搏斗。这时礼慧忽然四十五度仰望小雷，忽地泪眼婆娑，委屈地从牙缝里掰出三个字："你凶我！"

　　小雷一愣，看着礼慧突如其来的眼泪有点手足无措，但更多的是无奈和温柔的宠溺："我不是凶你，我是在跟你讲道理。"

　　礼慧哇的一声哭出来，扑到他怀里："人家不要道理，人家只要你。"

　　小雷虽然到最后也没有被礼慧说服，却也默默地不再出声争论了。

　　生活中我见过不少女孩和男朋友吵架，闹到一定程度，不少姑娘选择拍案而起，从上下五千年，说到未来三千年，甚至提到常识、定律、哲学什么的，将爱情理论给男朋友逐个普及一遍，直到对方主动妥协，承认自己的不是才肯罢休。

但这样真的是爱情应该有的模样吗？

《奇葩说》里，蔡康永将撒娇定义成"一种善用被喜欢而获得优势的方式"，生活中试试，撒娇的确是情侣之间处理矛盾问题较佳的方法。

在爱情里，适当的撒娇也会为生活增添不少趣味，甚至会让彼此之间的关系更加和谐美好。

比如当你和男朋友发生矛盾产生争执，当你不小心犯了一些小错误的时候，一句软绵绵的撒娇一定比气势如虹的反驳顶撞更有效果。

而从功利的角度而言，撒娇甚至能让你的小愿望更容易实现，毕竟当女孩子眨着水汪汪的眼睛软萌地请求帮助时，大多数男生都是难以拒绝的。

电影《撒娇女人最好命》中，周迅说："都说女人要命好，沟深沟浅不重要，只要会撒娇。"

但撒娇绝不是矫情造作，撒娇只是为了给冷冰冰的强硬和无趣的生活增添一点温暖和甜蜜。

撒娇就像是刺猬皮的里层，把所有的坚硬都留给外人，只将柔软展示给爱的人。

公司广告部的阿玉来自山东，一米七五的身高让她成为我们女生中的大姐，加上性格爽朗，在办公室人缘极好。尤其相处久了，我们对她更是充满了信任。直到一次单位聚餐，回来后有人发现钥匙忘在了饭桌上，阿玉自告奋勇地回去拿。

从饭店到单位要经过一条有些偏僻的小路，树枝影影绰绰，静悄悄的，她其实很害怕，一路跑着回来，在回来路上遇见我们的时候，虽然上气不接下气，但还是跟平时一样，说没事，说刚刚的环境像拍恐怖片一样。

但当她男友打电话过来的时候，她刚一开口眼泪就流了下来，委屈得不行，柔柔弱弱地诉说着自己的害怕。此情此景，不要说她男朋友，我这个女性好友都想拥她入怀，百般抚慰。

看，这就是撒娇的力量。

女孩会撒娇其实也是情商高的一种表现。但撒娇不是故意嗲声嗲气说话，或者无理取闹。撒娇是能拿捏得住其中的分寸，绝对不会触碰彼此的底线。

撒娇也不是一味索取，它也有温柔的回应。哪怕好像一直没长大的礼慧，也会在外吃饭时记得小雷不吃葱花；会因为小雷的过敏体质，她的包里永远有一瓶抗敏药；会在外人面前，毫不吝啬地表达小雷在自己心中的地位。

她的撒娇是小吵小闹地制造情趣，一点点经营着二人之间的感情。

想起某个电影里的片段，当女孩一个人在出租房发烧到昏迷时，男朋友终于出现，但他并没有给女孩温暖，反而是"全公司都知道你生病了，作为你的男朋友，我却是最后一个知道"的抱怨。

所以，姑娘，希望你恋爱的时候能更依赖他一点，不再害怕失去独立性，不再患得患失，不再假装坚强。恋爱不就是为了给彼此一个依赖吗？

现在开始，以高情商的方式多多撒娇吧，你会发现自己越活越顺，也越来越容易得到男性的青睐。

你要相信，你和任何人都不一样

前阵子，一首《我们不一样》的歌曲火了，但现实生活里，大部分人却在寻求一种认同感。

毕业后的那几年，是每个人觉得变化最快的几年，稍有松懈，就会觉得自己比其他人慢半拍。

例如，只不过才一年没联系的前任，那时信誓旦旦说自己不会结婚，如今却在朋友圈里晒着婚纱照，晒着妻子怀孕的日常，然而你却依旧过着单身生活。上学时比你学习差的人已经创业成功，买了好车豪宅，而你仍然租着十平方米的小公寓过活。一起毕业的同学已经拿到了经理级别的年薪，而你还是一成不变的月薪两三千元。那些曾认为比你样貌差、条件差的女性朋友已然结婚生子，而你每天骑着小黄车独自一人上下班。

在这个时代，大家似乎都在拼速度，仿佛人生就是一场跑酷游戏，结婚、生子、买房、买车都是这其中的关卡，谁先通关谁就获得了胜利。但事实呢？我们根本不需要攀比，因为每个人都拥有自己的时区和空间。

有的人二十三岁毕业，三十岁才找到合适的工作。有的人二十四岁结婚，但三十二岁才有了孩子。也有的人二十五岁就站在了人生巅峰，却在三十岁去世。还有的人到了五十岁才成功，然后活到了九十岁。

每个人都会有适合自己发展的时区空间，有些人看似走在你前面，也有人看似走在你后面，但其实人人都在自己的时区里以自己的速度和方法前行着。不用羡慕也不必嫉妒，他们在自己的时区，你也是！

这个所谓的时区就是时间和区域的关系，明确自己处于其间的位置，就能掌握其发展的规律并运用好。

命运给我们每个人安排的课题都是一样的，只是有早有晚，但不必着急，一切都会来的。不必急着去比较谁又升职谁又结婚了，你要知道，每个人都和你有不一样的人生。

你只需要选择自己喜欢的路，然后坚持走下去，这条路也许走的人很少，但走过去拥有的可能反而比别人多，毕竟毕业后马上结婚生子并不是唯一的出路。

所以我们别怕和别人不一样。我们当地有一位知名作家，她也是我母亲的至交。她从20世纪90年代中期开始就一直写先锋文学。她的作品中总是善于引用一些被人忽略的或是传统认为所谓禁忌的题材。她的写作风格独特，语言极具艺术性。

在那个年代，她的这一行为被标榜成对传统和规则的挑战，在当地文坛引起了轩然大波，不少教育学者在报刊上点名批评她。因为思想的局限性，她的作品在当时根本没有市场。读者评价她的文章是毫无逻辑和内涵的意识流，她的作品被批评得一无是处。

那是她整个写作历程中最灰暗的一段日子，写作已经不是给她的生活带来满足和快乐，相反，她感觉自己因为写作不愿外出结交而脱离了社会的热闹，变成与世隔绝的模样。她的丈夫也在这段时间离开了她，因为有另一个"更适合"他的女人。

于是她停笔不再写作，她甚至有些自我封闭。婚姻的失败，事业的失意，这一切对女人来说是最大的打击。她想在沉淀之后慢慢回归自己的生活。但相反，因为停笔，社会上又出现许多评论家称她是"江郎才尽"，说她事业如人生，一个人生如此失败的人又能写出什么好的作品？更有甚者，说她之前的作品只是在哗众取宠。

她心灰意懒，找我母亲哭诉。母亲不知道应该怎么安慰她，憋了很久，才说了一句话："你以前就不会在意这些，你以前多开朗啊。"就这么一句连贴心都算不上的话，却让她重新振作。她曾是一个那么自信，那么有趣的人，何必太在意渣男和外人的"围剿"，不如索性听从内心的声音。此后她在先锋文学的羊肠小道上坚持前行，并保持着积极乐观的生活态度。很快，她就等来了春天，越来越多的作家加入了先锋文学的队伍，而文坛也渐渐接纳了这一题材，先锋文学有了欣欣向荣的趋势。而且，也等来一位知她惜她的好男人，我现在还记得母亲当时的兴奋："她终于是吐了一口恶气，现在这位比之前那位好了不知道多少倍。"

如今，先锋文学早已成为文学史上不容忽略的一笔，一代代年轻作家都不同程度地受到了影响。而她，也理所当然地成为先锋文学的代表作者，作品受到读者的喜爱。新的婚姻也幸福温暖，那段灰暗的日子因为她有趣的灵魂而一去不复返。

上心理学课的时候，我们曾被问生活中最可怕的心态是什么，答案是：从众。

幼儿园时，别人都说自己长大要当科学家，于是你咽下到嘴边的"宇航员"，跟着说要做科学家。高中文理分班，别人都说理科未来好就业，于是你按捺想读文科的冲动，跟着选了理科。大学毕业后，别人都说女生最好的时光就那么几年，所以得赶紧找对象结婚，于是你丢掉对爱情浪漫的幻想，早早踏进婚姻。工作后，别人都说女孩子最好是考公务员，于是你抑制创业的冲动，努力寻找所谓的稳定工作。

盲目地从众只会毁掉自己的天赋，因为别人的闪光点也许是你的平庸之处，你的优势也许是别人的短板。你只有和别人不一样，才会绽放属于自己的光芒。

你敢不敢和别人不一样？是选择泯然众人矣，还是选择夺目耀眼？

我们总希望自己能站在风景的高处，希望能过自己喜欢的人生。但如果你拿着和别人一模一样的人生说明书，又怎么可能活出自己想要的样子？

你要相信，你和别人不一样。不走寻常路，才配拥有快意人生。

大家那么忙，没空针对你

我一直都是一个比较平和的人，直到遇见了一个性格戾气的女孩。

暑假刚结束，宣传部就新招了一批员工，何慧就是其中一位。也许是因为和她同一批入职的员工里，别人都来自985、211的大学，只有她是普通本科生，自己比别人学历低，何慧潜意识里对这件事很敏感。

平心而论，何慧的能力并不算优等，往常写的宣传文案也是中规中矩。不过她在新员工里属于最勤奋的，几乎每天都是第一个到办公室，最后一个离开，工作中态度很诚恳，办公室同事私下对她评价很好。

新入职的员工里有一个十分优质的小鲜肉，成为众多单身女孩的目标。何慧似乎对这个男孩也有好感，但几次抛出的绣球对方都无意去接，何慧便很快换了一种态度，不是之前的温情脉脉，也不是正常的你来我往或者君子之交，而是横眉冷对、似有世仇。

久而久之，办公室的气氛因为她的奇怪性格，也有了微妙的变化。同事们本来围着茶水间说说笑笑，突然见她满脸严肃地走过来，不由自主有几秒钟安静，然后是尴尬地相互招呼一下便草草散去，何慧便怀疑同事都在背后说着她的不是。

热心亲友给她介绍相亲对象，之前吹得天花乱坠，她去了见对方身短体胖，挺着啤酒肚，还有些"地中海"，就觉得亲友纯粹是想借此来侮辱她。

她写的几个文案在会议中被同事讨论，她立马就会联想到，这一定是同事之间对自己的排挤。

刚开始的时候，办公室年长的杜姐还会帮她分析，宽慰她："你觉得谁看你不顺眼呢？其实大家都很喜欢你，有空闲的时候多聊聊天。"

但是她想都没想就拒绝了："大家都是名校毕业的，所以都看不起我，而且她们常在一起讨论去哪儿美容，去哪儿买衣服，我都不懂，也没钱，还是算了吧。"

于是尴尬的气氛依然充斥着这间办公室，矛盾像是春天发芽的种子一样在土地里酝酿。直到有一天，大家在会议上发表对一家书吧文案的见解时，新来的一位员工直言这个文案太普通，很难体现这间书吧清新文艺的风格。

而何慧作为文案的撰稿人，终于忍不住用力合上手里的笔记本，冲着办公室同事怒吼："我就知道你们看不起我，所以才故意针对我！"隔着几个座位，也能够感觉到她满身的戾气瞬间将我们包围。

当天何慧就办理了离职，她说自己必须马上离开这摊污水，再留在这里，就是继续被嘲笑的小丑。

在接下来的一年里，我再也没有听到过关于何慧的任何消息，我不知道她是回了家乡，还是依然在这座城市漂泊。

直到有一天，我去参加一场活动，途中经过一家咖啡屋，想到这里有松软香甜的鲜奶泡芙，决定买点带回去，在店里竟然遇见了何慧，她背对着门口，坐在椅子上打电话，虽然能听出她已经在克制情绪，但依然能听出语气里的恼怒。

电话那头不知道说了些什么，只听到何慧慷慨激昂地反驳："普通本科怎么了？他们会的我也会，我不比他们差，他们瞧不上我，我还瞧不上他们呢！"姑娘越说越义愤填膺，浑然忘了这是在公共场合。

她总是习惯性地把身边所有人都当成假想敌，从之前单位到现在，她的假想敌换了一拨人，她设想全世界都在对她散播敌意的心态并没有变。一点点风吹草动在她眼里就是千军万马来犯，不能接受任何的建议，否则就是瞧不起她，故意排挤她。她把自己弄得像只刺猬，用一身戾气来武装自己，躲在满身的刺下，却不知道，这样既刺伤了别人，也消耗了自己。

生活中其实有不少像何慧这样的姑娘，也许是因为生活节奏越来越快，压力太大，越来越多的人容易陷入"全世界都在与我为敌"的假想中，设想所有人都在针对她，想方设法迫害她——在办公室混得不好，那一定是同事都嫉妒，领导精神失常故意针对。在一个地方生活得不开心，那是因为那里的人都愚昧无知，众人皆醉我独醒。

一失恋就觉得全世界没一个好男人，一失业就觉得全世界的老板都是天下乌鸦一般黑，一失意就觉得全世界的人都亏待了自己，甚至走在大街上踩到一颗石子硌了脚，也觉得是有人故意扔在地上报复社会。

每当过马路时，都会觉得有几双眼睛在注视着自己，"我走路的姿势好看吗，会不会招致路人的嘲笑？"每当去超市购物都觉得服务员在悄悄观察自己，"看她买的几样东西就知道是有多穷了"。每当在职场中说话做事时总是小心翼翼，"我这样说这样做对吗，会不会遭到同事的反感？"

其实，别把自己弄得那么累，我们真的没那么多观众。

有没有发现，身边总有一些生性敏感多思的姑娘，她们喜好察言观色，善于感知周边人细微的情绪变化。一旦别人表现出不喜欢自己，就会觉得内心受到伤害；她们十分在意别人对自己的评价，以至于整天神经兮兮，很容易被别人的只言片语惹恼。

她们希望自己做的每一件事情都能获得众人的赞赏，在职场会议中，领导一句"有些人"，她会立刻想到自己。在朋友圈发了条状态，若点赞的人数寥寥，她会认为是自己不招人待见，会深度解析同事发的每一条朋友圈，以此揣测指的是不是自己。所以，敏感玻璃心的人往往喜欢抱怨别人，时间也都消耗在了黯然神伤中。

因为把自己放在了全世界的对立面，所以稍有一点怀疑就难掩暴戾之气，变得极难相处，究其原因，还是把自己想象得太重要了，重要得以为自己就是世界中心，于是所有人说的每一句调侃话，每一个眼神都是在嘲讽自己。

事实上，你没那么重要，大家也没那么无聊。

你身上发生的百分之九十九的事，都和别人没有一丁点的关系。你以为自己经历的惊天动地的大事，顶多成为别人茶余饭后消遣的谈资，三五天就没人记得了。

杨绛不早就说过了："世界是自己的，与他人无关。"

大家那么忙，忙着去过自己的人生，怎么有空来专门针对你。要知道，针对一个人是要花力气的，处心积虑迫害一个人更是要花大力气，静下心来想想看，自己值得别人花那么大力气吗？

人生在世，你把世界设想成假想敌，世界其实是无动于衷的，累的是你自己，损耗的也是你自己。

你想被他人温柔善待，就得先给他人以善意。收起所有的玻璃心，世界那么忙，没空针对你。

胖姑娘怎么了？有趣的胖姑娘活得比谁都幸福

中午休息的时候，我抱着手机瘫在椅子上看直播，同事小轩走过来瞟了我手机屏幕一眼，满脸鄙夷地说："咦，这么丑还直播，而且她都胖成这样了，还吃得这么嗨，太罪恶了。"

小轩的这一句话，瞬间开启了办公室里的新话题。

同事A："搞不清楚那些胖姑娘怎么想的，体重100+了，竟然还每天比萨、火锅、冰激凌的。"

同事B："女人连自己的身材都管理不好，这辈子基本上就废了。"

同事C："最可怕的是她们脸那么大，身材那么胖，还敢做主播，我要是她们，就先整个容，那么丑竟然还有那么多人看。"

在这个"瘦子穿抹布都好看，胖子最好裸着窝在家"的时代，大家都在争先恐后地减肥，似乎没经历过减肥的人生就像缺胳膊少腿一样，差了正常人一截。

如果仔细观察，你会惊奇地发现，身边有些女生正在以肉眼可见的速度变美。明明上一周还是单眼皮，下星期上班已是美丽的双眼皮了。昨天还是塌鼻子，今天高鼻梁挺得笔直。上午还是小圆脸，下午下巴尖尖的，嘴唇也靓色动人。

怪不得说现在的美女都是相似的，不靠先天基因，只靠后天努力，就能批量生产了。

在我眼里，天下的女子可分为两类：一是你认为好看的；一是别人认为好看的。

每个人的审美其实并不相同，在你眼里美丽动人的精彩女子，也许在他人眼里只是普普通通。

所以，不论你颜值够不够高，把生活的颜值提升起来，注定会有人读懂你的美。

我有一位朋友是在法国留学的，她还没去法国的时候，就时常忧虑自己腰不够细，腿不够长，下巴有点圆润，考虑要不要减肥。

后来等她在法国三个月后，留学生活风生水起。

我问她："还要减肥吗？"

她说："不了，这世界上唯有美食不可辜负，而且我也遇到了能欣赏我身材的男人。"

别的女生下课后喜欢逛街，买各类化妆品、新上架的服装。她下课后第一件事就是跑到市场，买各类新鲜的食材，研究各种食谱，甚至她还喜欢自创一些食谱，有些是美味至极，当然，也有些惨不忍睹。

她爱做美食，更爱吃美食。学校周围哪家的米饭最香，哪家的辣子鸡最辣，只要问她，答案准没错。

因为爱吃，她的身材从来不属于纤瘦型的。因为爱下厨，她极少化妆。因为总爱去市场，她极少穿高跟鞋和造型漂亮的裙子。

她永远都扬着干干净净的脸庞，穿着白衬衫，牛仔裤，和谁打招呼都是笑眯眯的，圆润的脸上，两个小酒窝特别动人。

同样，周围的同学，无论男女，谈论起她都不会觉得她不好看，所有人都觉得她很有趣，她的美虽不惊艳，却很耐看，很特别。

在法国，她凭借自己的厨艺，让法国男生爱上了中国菜，更爱上了她。她依然从不掩饰自己的身材，吃得毫无顾忌，甚至再也不曾刻意节食减肥。

她可以和一群身材火辣的法国姑娘在舞台上热烈舞蹈，她的舞步丝毫不逊于那群腰肢纤细的大长腿姑娘。

她依然不热衷于美妆和时尚，却将所有的衣服都穿出了自己的味道。

在她身上，绝对没人敢说她胖说她丑，即使素颜天天见。

别人眼中的真女神并不重要，重要的是她"取悦"自己。一个人所扮演最成功的角色，就是做自己。

我并不是标榜女人不要注重外表，把生活过得邋遢，相反，我赞同女人要学会通过妆容，让自己变得精致美丽，要学会通过读书，让自己变得有内涵有深度。

但是，最重要的是，你自己要知道你是靓丽的女子，独一无二的女子。

世间一定只有一种美吗？不是啊。它从来不受缚于一种定义。

接受自己只是一个普通人的确很难，但是把自己塑造成完全相反的样子，却多少丧失自我了。

即便知道，女人还是希望腰肢再细点，腿再长点，眼睛再大点，脸再小点，鼻子再高点，身材再窈窕点。

所以面对美食望而却步；面对照片中的自己要努力修图；面对真实的自己，要靠化妆术、玻尿酸，以及各种美容助攻品。

但也正是因为社会上都在追求这样的美，能有勇气逆流而上坚持自我的人，才显得更可贵更有趣。

美不存在于物体之中，而存在于生活方式和生活态度中。所以，重要的是你眼中的自己要怎么和无趣的生活对抗。

当周围的人都热衷于减肥，你的圆润在别人眼里就是倾国倾城。当别人都像是小鸟般胃口的时候，你在餐桌大快朵颐就是有趣的姑娘。

我一位朋友，因为小腿有些粗，每次照相她都要把自己P成竹竿，并坚信自己就是长那个样子的。甚至我们在给她拍完照片后，如果没有进行P图就发布，她还会恼羞成怒，认为我们是在故意抹黑她。

在她跟前，如果有谁胆敢说一句"小粗腿"，她恨不得扑上去拼命。

"小粗腿"难道就一定很难看吗？难道胖人就一定不美吗？

能接受本来的自己，以真实面目示人，本就是自己的一种美，而不是活成他人希望你成为的模样。

美，就是接受最真实的自己，做一个自身会发光的女人。

渡边直美说过："如果我会发光，就不必害怕黑暗。如果我自己是那么美好，那么一切恐惧就可以烟消云散。"

再漂亮的皮囊也拯救不了你骨子里的无趣

上周同学聚会，餐桌上见到我曾经的好朋友小A差点认不出来，以前的单眼皮变成了欧式双眼皮，塌鼻子变得直挺，鹅蛋脸也变成了小尖脸。

其实小A长相并不丑，甚至还有些圆润漂亮的感觉，于是我很好奇她为什么会去整容。

一问之下才知道，她在情场受了挫折，痛定思痛后觉得是因为自己不够漂亮，索性直接拿出十几万去整了容。

但美貌似乎并没给她带来特别的好运，追求者虽然多了一些，但大多在约会几次后就不了了之。小A十分委屈："到底是为什么呢？我到底哪里不如别人？"

办公室一同事新交了个女朋友，周末一起野外烧烤的时候，同事带了女朋友一起过来，不经意间同事夸了别的女生几句，周围有同事起哄，结果他女朋友淡淡说道："那又怎样，她男朋友又没有我的帅。"

饭后我们几个人玩快问快答，当问及去旅游必须带的三个人或者三样物品时，那个女生快速说了三遍同事的名字。一句话，一个问题，尽显自己的情商与机智。在外人面前给足了男朋友面子，夸赞了男朋友，也在云淡风轻中抬高了自己。

这就是一个人见人爱的有趣女人，情商高。

办公室小刘在一次活动中遇见了小师妹，于是费尽心机追到了她。我们都打趣他艳福不浅，争取这一次能修成正果。可不到两个月，小刘就和小师妹分手了，而且还是小刘提出的。

后来在聊天中我们才知道其中原委。

在最初的时候，小刘总是很主动，主动制造话题，主动讲许多段子，带她到处去玩。

但小师妹大部分的回应都是："哦哦，嗯，好。"

时间久了，小刘总觉得小师妹是在敷衍自己，准备放弃的时候，小师妹却又答应了自己的追求。

就在小刘以为自己的真心终于有了回应时，小师妹的一些举动却加速了两人关系的破裂。

有一次，单位组织能力拓展活动，小刘在丛林穿梭时摔了一跤，胳膊骨折。

小刘发了条朋友圈，底下留言的朋友大多都在关心："没事儿吧。""多注意休息。""改天给你炖点大骨汤补补。"而那个小师妹却来了句："你怎么那么笨呀，快去医院看看脑子摔坏没？"

一段感情的开始，也许是荷尔蒙的刺激，或者是生活孤寂对温暖的渴望，而一段感情的维系则需要你有情我有义，你有趣我懂你。

小师妹的反应不见得是成心的，她说出的话也许只是为了调侃，她的关心也许只是没有表露出来。但她无趣的话语让人失去继续下去的勇气。

后来我跟小A频繁互动了一段时间后，我也终于发现为什么小A总是感情不顺，原因就是她实在太无趣！

在小A的世界里，最重要的事情只有两件，一是逛街、买，逛街、再买；二是八卦别人的生活，谁又买了新车，谁又买了新房，谁又疑似出轨……她从来没有想过要去旅行看世界，也没想过要去看书充充电，或者是报个兴趣班提升下自己，更别谈什么梦想或者人生，不，买买买和八卦以及攀比应该就是她全部的梦想和人生。

跟她一起约了几次之后，连我都不想再跟她一起出门，就像我们共同的朋友小G说的那样："天哪，连我这么宽容的人都不想和她做朋友了，男人们又怎么可能愿意去爱她和娶她。"

有趣的姑娘也爱买买买，但她的世界不会只有买买买，还会有诗与远方；有趣的姑娘也爱偶尔八卦，但她的世界不会只要八卦，还有提升自身的沟通和学习能力。

有趣的姑娘会安排好自己的生活，也会春风化雨般滋润别人的生活。她们会在聊天中，真诚地接一句："原来是这样的啊，你好厉害呀！""我要是能像你这样就好了。""我一会儿也试试看。"这种轻松不压迫的说话方式，会让对方如沐春风。

她们也会在你消极低落的时候，用自己的阳光积极感染你。

所以你可以不美，可以没身材，可以没家世，但请你有趣。

PART C
有趣，是睿智，是会说话

有趣与贫富美丑无关，与学历阅历无关。有趣是一种心态，是把生活变得有料的一种方式。

要学会说话，先学会调整心态

大学毕业第一年，我经常半夜收到一个同学的微信，大致意思就是说男朋友不懂她。她承认是自己太任性，也明白男友的无奈，但还是会因为各种各样的原因小情绪泛滥，然后爆发得不可收拾。

她说可能是因为自己爱得太多，所以才总是在爱情里患得患失。我曾让她跟我还原那些吵架原因，其实都是些鸡毛蒜皮的小事而已。

我感到难以理解，一个大好年龄的女孩，怎么整天为鸡毛蒜皮的小事大发雷霆？怎么有那么多时间用来生气？真的有那么多气可生？

她性格单纯，在感情上没经验，不知道与恋人如何相处，我打心底能理解。学会控制情绪则是自己的事情，没有谁有义务帮你去消化那些负能量。

最初的时候，同学找我抱怨，我总是会让她先把故事的原委讲一遍，然后再听她大肆抱怨，最后总结陈词，把自己说得很委屈，好像全世界都负了她。

起初几次我总是耐心地解答、劝慰，久而久之，我发现大部分被好言相劝的人，还是学不会，或者说她们自始至终根本不想做出改变。

只是想找个地方发泄不满？不好意思，我没时间再去听你的负能量。

我有个关系很要好的高中同学，同桌那会儿觉得她人很好，虽然总喜欢抱怨周围的同学和环境，但为人很真诚，和她相处起来很轻松，所以她那时有不少的朋友。

考上大学后，我俩地处不同的城市，却时常会网络聊天。

有一次，她在微信里跟我说，实习生的工作很无聊，已经换了好几份实习工作，但没有一份称心如意。明明自己只是一个小实习生，却要经历办公室的尔虞我诈。同事之间尔虞我诈，为了利益而戴着面具做人。

她把工作中遇到的芝麻大的事情放大，然后唉声叹气，久久不能平静。很快她再次离职了，听说是因为在办公室和同事吵架，被其他人排挤。

　　我一直很不理解她为什么在职场上生存那么难，因为她其实是属于比较有才华的那类人，即使被交代一份不喜欢的工作，虽然可能嘴里嘟嘟囔囔念叨着不开心，但工作一定会在最快的时间里完成。

　　但事实是，她始终难以在某个岗位上稳定下来，毕业后交了个男朋友，却因为对方生活中的小细节吵架分手。

　　她这个人什么都好，就是喜欢抱怨，常常把自己陷在负面情绪里，然后消沉地去生活和工作。每次找我谈心，都是苦大仇深的语气。

　　谁都不会喜欢一个负能量的人。

　　这种人总是把不顺心的事放在嘴边，跟过去的失败过不去，整个人似乎被笼罩在一层灰色光幕里，消沉的负能量能带走身上所有的活力。

　　有阵子，闺密的男友不被父母看好，她天天怨气爆棚，没事就往我家跑。我们全家齐上阵，给她出谋划策，试图安抚她的情绪，但也没见她好起来。她一闹情绪就会在微信上叫我，我们时常谈到深夜。

　　那段时间我给她提过好多建议，也让她尝试着看淡。可是，她全都没听进去，还是深陷在自己的忧伤里难以自拔。次数多了，等她再一次来找我谈心的时候，我开始后悔，为什么在最初的时候不把她拉黑，反而浪费了时间。

好在后来，她终于想通了。她请了十几天的年假，把自己一个人关了起来，她说自己需要好好想想，为什么好好的人生变得令人讨厌。

等有一天她突然再次找我的时候，事情已经完美地解决了。我看她活蹦乱跳的样子，就知道她已然跨越了心理难关。

所以说，与其拉着身边的人不停抱怨，最后失去所有人，不如独立一点，自己把问题先解决掉。要知道，你的不良情绪会影响身边所有人的心情。最终真正能够帮到你的，还是你自己。

王小波语录里有这么一句："人一切的痛苦，本质上都是对自己无能的愤怒。"

想必很多人都是这样吧，自己生活过得不如意，却又没能力改变现状，所以产生了以难过、焦虑、愤怒、迷茫为主的负能量，然后又将其传递给周围的朋友。

我见过很多这种类型的女生，能力本来只是一般，偏偏还有一颗"公主心"，于是面对生活的不如意就总是不停地抱怨，最后工作、生活和感情都是一团糟。

我很喜欢这么一句话："你应该爱上一个能带给你动力的人，而不是一个成天让你精疲力竭的人。"

为什么有些姑娘明明长相很好，谈恋爱却永远无法持久？因为她们浑身散发的全是负能量。

她们没有能力去解决生活中的难题，也没有勇气去跨越未知的障碍，没有魄力选择其他的道路让自己活得更好，于是也就决定了没有健康的心态去维系好一段感情。

在别人眼里绿豆大的小问题，在她那儿就是天崩地裂的大事情，最后不是哭就是闹，把男朋友作没了，然后把错全部推到对方身上，责备对方人品太差。

事实上，成年人的世界里，没有"容易"二字。你只看到别人买各种名牌，全世界旅行，却看不到在你睡觉的时候，他在熬夜加班。你只看到别人怎么吃也长不胖，却没看到他们从饭桌上下来就去了健身房。

你觉得生活苦闷，想要的难以获得满足，但事实是别人的东西也是艰难争取来的。

别让负面心态耗费了你的有趣，越有趣的人越懂得自我排解，只有小孩才会倒地痛哭。

别拿你的"毒舌"当有趣

之前朋友圈有一个很热门的话题："你在哪一个瞬间最想拉黑自己的闺密？"

底下有很多的评论，点赞数最多的一条是："一边说着'你这人一点也开不起玩笑'，一边用刀子戳我心脏。"

我一下子就想到了刚刚被我拉黑的王小轩。

王小轩是我认识七年的闺密，但时不时就被我拉黑一次。

昨天她问我最近忙什么，我说正在写文章，想尽快出本自己的书。

她说："别做梦了，有那闲工夫还不如做几样兼职呢。"

她问我最近有没有相亲，找没找对象，我说最近一直忙着，爱情这种事情急不得。

她说："女人过了二十五岁就不值钱了，市场迅速贬值，就像菜市场的白菜一样，早点去还水灵灵的，去晚了只能打折甩卖了。"

最后她问我现在住在哪儿，交通便利不便利。我说在单位的附近租了套房子，最近在考虑买一套小公寓。

她说："真不敢相信，就你那点工资还考虑买房。房贷就能让你过不下去，你是不是傻？女孩子还是赶紧找个老公嫁了，不趁着现在年轻赶紧结婚，以后二婚三婚的你都得挑别人挑剩下的。"

我这边沉默了几秒后终于挤出来"呵呵"两个字。

然后她说："我就是说话不好听，你要是生气就太没趣了。"

呵呵，我给她回了句"谢谢"，然后把她拉黑了。

这真的不是我玻璃心，我已经数不清这是王小轩第几次以"我就是开个玩笑"的名义给别人添堵了。

有一次大家一起逛街，一个姑娘试穿了一件雪纺长裙，问我们的意见，我们都委婉地告诉她裙子太长，显得她有些矮。结果王小轩直接扯着嗓子喊了一句："你不要买长裙子啦，你个子那么矮，腿那么短，穿长裙像得了侏儒症一样。"

那位姑娘的脸色瞬间就变了，一言不发地回试衣间换了衣服，我们几个和导购员一起呼吸着同一片尴尬的空气。

吃饭的时候，一个姑娘说自己下个月要和男朋友一起出国旅行，我们纷纷表示羡慕的时候，王小轩说："你可得多长个心眼，有些男的一起旅行只是为了睡你，回来就说分手。"

餐桌上的空气瞬间凝固了，我们几个尴尬地笑笑，僵硬地转移了话题。

但从那以后，大家出去玩都心照不宣地不会再叫王小轩了。

后来我也劝过王小轩，以后不要说话总是那么"毒舌"，她还十分委屈地说："忠言逆耳，我这不都是为了你们好啊！你们都太无趣了。"

我和王小轩有一个共同的朋友，她毕业后自己开了家工作室，忙碌之余总喜欢在朋友圈发一些小视频或者各种自拍照。而王小轩就像是一个兢兢业业的作业课代表，认真点评别人的生活。

朋友发一张自拍，她点评："哎呀，你最近胖了好多，要注意减肥呀，你看腰那儿P图把门框都拉歪了。"

朋友发去旅行的照片，她点评："最近工作室不忙了吗？还是趁着年轻好好工作，要不然很容易被市场淘汰了。"

朋友发情侣照，她点评："最讨厌你们这些秀恩爱的，不过你男朋友最近是不是有些脱发呀，哈哈哈。"

朋友发张美食图，她点评："摆盘有些丑，酱油放多了，火候太大了。"

每次她的评语最后还要加一个特别可爱的表情，语气词后面不是"哈"，就是"呢"或者是几个波浪号，搞得朋友根本没办法发火。

后来我发现朋友再发的图片或小视频，下面没有王小轩的点评了，于是聚会的时候聊到，才知道朋友把她屏蔽了。

我基本很少发朋友圈，有一次我在游泳馆发了一张照片，本想体现自己积极向上的健康生活态度，结果下一分钟她就在下面评论了一句："你游泳自带三层游泳圈呀，要加油减肥了哦！"

哪个女生喜欢别人说自己胖了呢？于是我将她屏蔽了。

过了一会儿，她发了一条微信过来质问我，为什么把她给屏蔽了。

我回了她一句："因为受不了你说话的方式。"

结果她呵呵一笑，说我真不是一个"有趣"的人。

这绝对是"有趣"被黑得最惨的一次。

在这个标榜个性的时代，越来越多的姑娘喜欢给自己加上"毒舌"这种人设，打着"有趣"的旗号，对别人的生活方式指指点点，明明是损人的行为，却非要冠冕堂皇地给自己包装出一个"洞察入微"的理由。

不管往别人伤口上撒了多少盐，仿佛说一句"我开个玩笑"就可以一笔勾销。别人如果因此生气，还是因为她小心眼，一点儿也不有趣。

我的好朋友F是个萌宠博主，在微博上有不少粉丝。朋友每天会在微博上发一些自家宠物的高清图片。粉丝大多数评论都是"好可爱，好乖，好喜欢"。但是总会有一些黑子也在下面评论，内容无非是嫌F家的宠物丑，而且还乐此不疲地每张图片都要说上几句。

有时候，F故意拍一些和宠物互动的恶搞小视频或者给宠物买了几件衣服，穿上拍照。

黑子的评论也大多都是："实在不懂你的审美呀！""就我一个人觉得博主是在虐待自己家的狗吗？"

最可怕的是，F家有两只宠物狗，于是常有黑子在下面议论："难道就我一个人觉得博主只喜欢那只灰色的狗，不喜欢黑的吗？"

一天当黑子又在F微博下说："就我一个人觉得……"F终于忍不住回复："对，没错就你一个人，就你一个人觉得我在虐狗，觉得我家狗丑，觉得我偏心。你多厉害呀，你是整个世界的主宰，下一秒你就要飞上天与太阳肩并肩啦。"然后把她拉黑了。

结果那黑子马上开了一个小号来点评："真是玻璃心啊，开个玩笑都不行，路转黑！看你的微博全部都是你家宠物的日常，还恶意给你家的狗卖'人设'，取关！没趣！"

F彻底无语了，她本来就是萌宠博主呀，最初开设微博的目的也是为了保存自家宠物的视频和照片。

生活中，总有一些人把点评别人生活当有趣，殊不知他们所谓的有趣不过只是一种低级的趣味。别人不接受你的"毒舌"就是玻璃心，就是无趣，那么你衡量有趣无趣的标准在哪里？

什么是有趣呢？有趣就是对事物有自己的见解，对万物保持好奇心，对世界有包容心，能接纳世界上区别于自己的想法和事物。

每个人从出生那一刻开始，就注定了不同，审美不同，兴趣爱好不同，对待一件事物的感受也不同。但是我们不能因为自己喜欢的事情在别人眼中一文不值，就口出恶意。

明明是一句挺好的话，为什么非要夹枪带棍地表达出来？明明是真心诚意的关心，为什么却变成了撒在伤口上的盐巴？你说出的话我都懂，但还是会感到心里不舒服。

别人的生活不喜欢就别看，别人做的事情不理解就别管。

别拿你的"毒舌"当有趣，那样只会显得自己尖酸刻薄而已。

做一个有趣的好姑娘，从好好说话开始。

亲爱的，你这是肤浅，不是有趣

似乎从"好看的面孔太多，有趣的灵魂太少"这句话疯传朋友圈开始，一些人在反思了自己的日常后害怕被划分到"无趣"的阵营，便开始拼命装有趣。

周末去朋友家聚餐，范范一进门就对站在门口迎接她的老胡说："才两周没见，你这得胖了十斤吧，肚子里的肉都够生一个孩子了。"

几秒钟的沉默后，大伙哄堂大笑，气氛瞬间热烈起来，只有还在单身的老胡尴尬地低下了头。

老胡是我们中间唯一的小胖子，据她说自己在高中之前也是很瘦的，只是高二时大病一场，吃的药物中也许含有某些刺激成分，病好了体重也开始飙升，再也没瘦下来。

范范则是我们这个小圈子里公认的美女，肤白貌美，一双大长腿如筷子般顺直。那天我们吃的火锅，临近尾声的时候，不少人已经摸着肚子瘫在沙发上胡侃，范范也坐在一边和我们展示自己新交的男朋友。

火锅前的老胡打开一包方便面准备煮进去的时候，范范说："老胡，怪不得你瘦不下来，这吃得也太多了，照你这样下去，你到三十岁估计也找不到男朋友。"于是原本在聊天的众人把话题再次回归到老胡身上，讨论她这顿饭到底吃了多少，询问她已经被甩了几次。那顿饭的最后，老胡没有去煮方便面，即使那曾经是她吃火锅的"标配美食"。

聚会结束的时候，范范对老胡说："我回去给你介绍个男朋友，不过你也得注意身材呀，没有谁喜欢一个长相平凡的胖女人的。"

老胡连连点头，嘴里说着："好哇好哇，还得辛苦你帮我留意啦。"只不过她的眼圈却是红的，只是夜晚灯光很暗，大家没有注意到。

范范以为自己是那个圈子里的开心果，总能把大家逗乐，但她不知道的是，我们这群朋友并不喜欢她总用别人身上的缺点开玩笑，她觉得自己是调节了气氛，但我们却觉得她是在暴露自己的浅薄。

一朋友Y小姐前几日刚从国外回来，于是邀请几人到家里聚会，然后Y小姐拿出自己带回来的几套护肤品送人，谁料在场一位姑娘抱着礼物反复看了几遍后说："比起前几天我老公送我的那套还是差点意思的，我那套是小分子纯植物的。" 等宴会结束时，这位姑娘又要求Y小姐开车送她回去。Y小姐说自己接下来还有事情，没有时间送她，结果那姑娘说："我预约了某家美容店，得赶紧去给脸部做个补水，一次护肤就六百块钱呢，迟到了预约是不能退的。"

送完那位姑娘后，Y小姐又给我打电话说："那位小姐你们谁带来的？以后再带来我就一并请出去。"

每个人都有自己的生活方式，天天强调自己多高级，其实更暴露了你的肤浅、无趣。

以前有个同事J总是觉得工作无趣、生活无聊，于是每逢假日都要跑出去旅游，她的朋友圈里几乎都是自己在某个景区的自拍。旅游时发图晒朋友圈，回来后见人就说自己去了哪里玩。

从成都回来，大家问她："去都江堰熊猫基地了吗？"

J回答："其实没什么可看的，到处都是人，熊猫趴着也不动。"

从北京回来，大家问她："北京好玩吗？"

J说："冬天的北京，除了雾霾就是冷，毫无趣味性。"

似乎无论她去哪里，都是"到此一游"的状态。如果旅行只是为了换一个地方无所事事，只是为了换一个地方说无聊，然后拍照发朋友圈，只是为了"去过"，认真肤浅。

内心若了然无趣，哪里都漆黑一片。很多在路上的人，不是因为在路上才变得有趣，而是出发前就深谙生活的乐趣。

记得念大学的时候，别的宿舍的一位姑娘常常被舍友叫"丫丫"，时间长了大家都以为是昵称，于是也都跟着叫了一年多，直到有一次我和她一起上自习，看她趴在桌子上偷偷地哭，才知道大家叫她丫丫，是因为她嘴巴比较翘，宿舍人说长得很像鸭子嘴，于是谐音丫丫，这个外号也是从她室友那里传出去的。

她室友都以为这只是无伤大雅的小玩笑，却不知道姑娘上高中的时候就因为嘴巴不好看被人嘲笑过，好不容易上了大学以为一切都会过去，结果却依然被人议论。

姑娘私底下非常难过，还曾跟父母商量想去整容，因为那貌似有趣、无厘头的"外号"，每称呼她一次，就好像在戳她的痛处，提醒着她无法改变的生理缺陷。

记得有个剧，台词说得特别对，有趣是指要让别人觉得有趣，而不是只有你自己觉得有趣。你可以用自嘲的方式来诠释幽默，却不能贸然嘲讽别人来搞笑。

真正的有趣不是为了惹人尴尬，故意显露自己，它永远透着高雅的格调。只有当你去经历，去感悟，去体会周遭的一切，去修炼丰满的内心，才能最后成就自己的趣味。任何时候，都要注意分寸，说话做事拿捏好尺度，别把肤浅当成了有趣，还浑然不知。

自黑成为有趣女子的妙招

　　《吐槽大会》这档节目一出来就颇受欢迎，仅仅十期就获得了十六亿的点击量。区别于传统的鸡汤励志类节目，它把那些在网络上有争议的、有话题性的明星拉过来，互相吐槽，吐槽别人也吐槽自己。

　　曾经明星最想毁灭的不堪新闻，在这档节目上会被频繁提及。那些"黑历史"被赤裸裸地呈现在观众的面前。明星通过对自己过往的吐槽来解释观众对他们的误解，而观众们也并不关心事情的真相，只图一个乐和。

　　自黑，这个词不知道是什么时候悄悄侵入了我们的生活。一个褒贬难断的词语，甚至透露了几分无奈几分欢喜。

　　其实自黑，就是对自己的吐槽。看似缴械投降了，但却是用了另一种方式来表示对敌人、对生活的反抗。

　　现在这个社会，自黑其实已经成为生活里的必备技能，为本就不易的生活增添了许多乐趣。

但无论是明星也好，普通人也罢，大多数自黑都是一种无奈的选择。黑得漂亮，别人当你是幽默；黑得不当，别人骂你矫情做作。

我身边的朋友若是论起自黑修养，张晨的段位一定无人可敌，那些精彩的自黑语录曾撑起整个办公室的朋友圈话题。

张晨的自黑其实是从一次办公室直播开始的，直播刚兴起的时候，张晨就开了自己的直播号，每天直播一些生活日常，只有几十个粉丝关注，她倒也不在意，性起时就开视频来一段。

直到有一次，终于有粉丝弹幕想让她给自己唱一首《难念的经》，本就五音不全的她，想着反正也没几个人看自己的直播，网络也没人认识自己，索性完全放开，用咆哮的方式将歌词唱完。结果，那一场直播后，她竟然涨了十几万的粉丝，直播视频也被做成各种动图在网络上流传。

以前的同学、同事，家里的七大姑八大姨也都找到她，求证视频中的人是不是她。张晨突然意识到，这也许就是所谓的"火了"。

从那时开始，张晨开始认真经营自己的直播账号，她也会关注一些网络上的搞笑视频，探索每位主播的成功经验。

当同事知道她竟然想辞掉工作专心做主播的时候，不少人都在背后说风凉话，比如张晨长得不够美，嗓音不够动听，也不会跳舞。大家都在怀疑这样一位丢在大街上马上就会找不到的平凡姑娘，凭什么能做主播。

但就在大家以为她只是痴人说梦的时候，张晨的主播却做得有声有色。她不需要刻意扮丑，不需要伴装粗鲁，她只是做自己，当有粉丝嘲讽她的时候，她马上就能妙语连珠，字字都像是自黑，却字字透着幽默，靠这样竟也有了近百万的忠实粉丝。

当有粉丝说她长得丑，并无数次用她的自拍调侃，编出一条又一条的段子时，这位"90后"姑娘却从未遮遮掩掩，反而经常拍出各种搞怪的照片，然后大大方方地晒出来，表达自己的幽默和风度。

不得不说，自黑也是一门强大的技能，只要运用得当，就能反败为胜。从心理学来说，与人相处时，自黑使人处于弱势的地位，容易引起别人的同情同时激起他人的优越感，而如果你太"高大上"则会引起别人的嫉妒和厌恶，给别人一种压迫感。

所以在我们平时社交中也一样，那些懂得自黑的人更能收获好人缘。

　　我的同学王乐乐一直对自己的外表不满意，上学的时候她曾经因为同学故意嘲笑自己的外貌而对人大打出手。

　　时间久了，周围的朋友都知道了她的禁忌，也会注意聊天中不触碰这个界限。

　　后来有一次我们几个人围在一起聊一个关于"祖传宝贝"的话题，有一个姑娘拿出一个玉手镯说那是自己家传了三代的宝贝。

　　王乐乐说："上个周末我回家的时候，听我妈说，我们家竟然也有一个祖传了好几代的文物，我很欣喜呀，问我妈是什么？我妈特别神秘掏出一个镜子，然后让我照了照说：'看到了没，咱们家祖传的丑现在已经传给你了。'"她的话逗得满堂爆笑。

　　站在几人的中间，我听见她以幽默的自黑自揭伤疤，也许这就是成年人的社交方式，生活的沉重需要"自嘲"才能消解。当一个人真正领悟自黑精神时，才是真正长大了。

　　因为她有足够的自信，因为她已经不需要用外貌去征服别人，她有趣的灵魂早已圈粉无数。

　　年少的时候，我们总喜欢争强好胜，仰着高傲的头颅，一副不可一世的样子，最害怕自己某个缺陷被人看穿，于是披着一身沉重的铠甲，背负着偶像包袱，小心翼翼地保护自己。

长大后才知道，成年人的世界，有时候为了更好地生活，我们必须面对别人的嘲笑，甚至有时候我们需要自己剥开铠甲，把自己人畜无害的缺陷，坦然暴露在别人面前，这才是自我保护最好的方式。

一个自黑得高级的人，往往有一个不卑不亢的灵魂。我们不一定要懂得自黑，但一定要自信起来。自信，不是忙着遮掩自己的短处，而是努力发扬自己的长处。

弱者黑人，强者自黑。你不知道，那些能够由衷自黑的人，活得有多酷。

我的朋友苏飞几乎没有人不喜欢她，她虽然偶尔脑洞奇怪，但却真实风趣，她的自黑式幽默就像是刻在骨子里的，大多数人学不来。和她在一起无论多么尴尬的场合，她都能用有趣的方式化解。

比如某次参加一场音乐会的活动，活动方希望我们这边能有人开场前唱首歌。但说实话，来的几位同事全部五音不全，于是现场陷入了一片尴尬的沉默里。

我们不想露怯，但对方的盛情难却，实在也不好过于严肃地拒绝，于是苏飞开启了自黑模式："我唱歌，就相当于在清场，大家都吓跑了，没人来听课啦。"用自黑的方式既给自己打了圆场，也给对方退路，于是这场尴尬危机轻松化解。

自黑就像是一种人际关系润滑剂，它虽然不能决定别人是否喜欢你，但却能让大部分人不讨厌你。

爱自黑的姑娘，她们更善于用另一种角度去思考。看上去她们在傻傻地调侃自己，逗乐别人，好像故意把自己拉低了一截，其实呢，善于自嘲的人，都是厉害角色，她们都是真正的聪明人。

恰当的自黑恰好证明了骨子里的有趣。

我们每个人都不能保证一定会被别人喜欢，但是若用风趣的幽默来展示自己，却能成就另一种收获。

不知道从什么时候开始，王乐乐在自黑的这条路上越走越远。

她小圆脸，看上去憨憨的，让别人觉得她天然呆萌，由于娃娃脸的缘故，别人总是习惯性捏捏她的脸，故意逗她："小学生多大啦，叫姐姐。"

每次大家调侃，她都笑呵呵地喊："阿姨，我今年十八岁呢。"她总是特别亲和，曾经因为外表和人打架的姑娘似乎从来不是她那样。

也许长大就是这样，她们脱掉了铠甲才能保护自己。

自黑已经演化成一种很好的社交技巧，让人放下戒备，打通交流的壁垒，获得别人的信任。

自黑并不是因为自卑，聪慧而自信的人，才能自黑得高级。

一味贬低自己，迎合别人，这不叫自黑，这是骨子里透出的自卑。自卑的人，往往不是因为某个缺点而自卑，而是因为一无是处而自卑。而自信的人，其优点就足以让自己光芒万丈，区区一个缺陷何必掩饰。

有趣的姑娘可以不漂亮，可以不年轻，但是一定很懂得适当地自嘲。

毕竟那些曾经自以为的缺憾，也许就是生命带给我们的，只属于我们自己的特殊印记。生命有了自黑，才有了释然和豁达。

有趣就是说话刚刚好

我有个女同学是个超级不会开玩笑的人。她每次只要一逮到机会，不分场合，总是要对见到的朋友说几句自以为幽默的调侃话，这些话看似有趣，实则荒唐，听到耳朵里都是大写的"冷嘲热讽"。

她还尤其喜欢打听别人的情感状态，然后再随意发表一番评论。若是遇见单身的，就吐槽对方的外表，说人家长得丑，或者妆化得太浓，衣服穿得不合适。若是遇到有男朋友的，则一定要从工作到家庭、外貌全部打听一遍，然后夸张地恭喜一番，让人觉得特别尴尬和难堪。

记得有一次，她在楼梯里见到我，说："你知道不？像你这样的，一般人都看不上，个子矮，眼睛虽然大，但是鼻子不够挺，还平胸，不过，我却超级喜欢你，因为你人好！"

如果我是第一次听肯定恨不得直接大打出手，这么直击我的缺点，不像是聊天，更像是挑衅。但我太了解这个人了，知道她说话就这个风格，所以也权当是听了几句冷幽默。

曾有同事私下劝过同学，但她全然不在意，总是以"我只是刀子嘴豆腐心""哎呀，只是开个玩笑，怎么一点都没趣呢"来回应。

时间久了，不光是我，其他的同事也逐渐与她疏远了，偶尔在她自以为幽默的话语里奉献几声尴尬的笑。

后来办公室新招了一位刚毕业的女孩子，刚刚工作不到半个月，就被同学所谓的"幽默"弄哭。

那天下班，同学和女孩一起搭乘电梯，在等电梯的时候，同学故意搭讪："刚毕业啊，有没有男朋友？"女孩说没有，她就继续调笑地说："你这样的，长相不算出挑，家境也一般，还是在学校的时候好找对象，工作了找对象就难了。"这姑娘特别认真地说："感情这种事情随缘分。"同学马上反驳："缘分也不是烟幕弹，能把别人眼睛熏瞎啊！"顿时引来了同乘电梯同事的哄堂大笑。结果电梯到了一楼时，女孩已经憋红了眼眶。

其实无论在什么时候，展示幽默都要分场合和对象。如果关系很熟，自然可以畅所欲言。明明只是泛泛之交，就不要用自以为是的玩笑来调侃对方，否则只会尴尬了彼此。

尤其对于女生，无论是自己和别人开玩笑还是开别人玩笑，总有一些界限是不能碰触的，一旦碰触，彼此之间的关系也就产生了裂痕。

除了不分场合地开玩笑，女同学还有一点很让人无奈，那就是交浅言深。

其实同学刚到新单位的时候，因为性格爽朗，在办公室还是很有人缘的，再加上其他同事都是"80后"，只有她自己是"90后"，每个人都很愿意和年轻人多交流，即使同学偶尔在工作中犯一些小错误，大家也并不在意。

但是一个月后，就已经很少有同事主动和她说话了。因为每次同事想和她讨论一些工作上的事情时，她总是会突然说出许多"掏心窝子"的话，把场面弄得很尴尬。

比如某次中午休息的时候，她对着手机忙了一阵后，突然对着办公室的同事说："你们知道吗？咱们单位广告部的小王和她的领导关系很不一般哦，我都见过好多次两人一起上下班了。而且小王还挎着她领导的胳膊，啧啧啧，我可是只告诉你们了，可别传是我说的。"

办公室的气氛别提有多尴尬了，同学不知道的是小王和她的领导是亲兄妹，两人自然关系亲密一些。

还有一次几个同事围在小李旁边看她拍的女儿弹钢琴的

视频，结果同学走过去看了一眼就开始评论起来："现在家长们为了不让孩子输在起跑线，总是要给他们报各种各样的辅导班，却从来没问问孩子到底喜不喜欢，这分明是家长自私地把自己没实现的愿望强制放在孩子身上。而且孩子还这么小，审美观根本还没有建立起来，所有的技能都只是惯性地模仿罢了，我若是以后有了孩子，一定不让他学习这些东西，就让他快快乐乐地长大。"同事们面面相觑，小李也关掉了视频，彼此说笑了一番走开了。

有时同学不在办公室的时候，其他同事彼此之间也会抱怨，说同学在和她们单独相处的时候，总是抱怨生活无聊，工作无趣，说工作压力太大了还不如结婚之类的，总是给自己传递一大波负能量，结尾还总是要加上一句："我真把你当朋友，这话只对你一个人讲过啊！"

同事们都觉得很无奈，我们有那么熟吗？

如果对方不是你的故交知己，明明相知不深，你只顾畅所欲言图一时之快，有没有想过我们没那么熟，还不到能听到你那些"掏心窝"的"肺腑之言"的程度。

说者无心听者有意，你以为我们是君子之交淡如水，却不知在我这边彼此只是说了几句客套话的陌生人；你以为是忠言逆耳，其实在我听来却是尖酸刻薄的抱怨；你以为是高谈阔论看清了现实的真相，在我听来全部都是奇怪的抱怨。

同学后来察觉到办公室诡异的气氛，于是想着改变。恰好那一阵公司正在评选年度最佳策划人，其中就有同学，而另一个员工也很棒，老板很头疼，不知道该提拔谁。于是老板就在策划部视察了几天，最后定了另一位同事。

同学很不开心，见面就和我说："哼，还不是因为她会拍马屁。"我也很不解，因为同学虽然并不太会说话，但是工作能力却并不逊色，于是就去和其他同事打听。

别的同事和我说，要是他选的话他也希望那位员工来做策划部总监，因为那位同事虽然并不怎么和大家聊天，但是只要谁在工作上有了小情绪，她总是会过来询问开解。办公室无论谁在做方案的过程中遇到了难题，她三言两语就能指出其中的关键所在。

我问她："我那个同学难道不会帮忙吗？"

结果同事说："会呀，她更积极，不过每次她在帮忙前总是要冷嘲热讽一番，问题解决了也还要啰唆一大堆。虽然有她的帮忙我们很感激，但是大家都是同事，这样被她嘲讽总是不太开心的。"

我悄悄去问同学是不是存在这些问题，她很委屈地抱怨："我还不是不把他们当外人？而且我每次啰唆也是因为他们在同一个问题上出现了好几次的错误了，我也是为他们好。"

我们从初中的时候就学过"讳疾忌医"，但并不是所有人都能把这个词语理解透彻，没有人会真心喜欢听到别人的批评，尤其是"冷嘲热讽"式的批评。

生活中帮助别人有助于人际交往，但是帮助也要帮到人的心坎上。

话说再多，不如一句恰到好处。再喧哗的应和，也不如一句懂得。

会说话并说得恰到好处，是为人处世中最高的情商。掌握了说话的分寸，才能扩展人生的尺寸。

"有些话，对方没有不舒服，就是开玩笑；对方不舒服，就是嘴贫。"

曾经世界认为中国人最缺乏的就是幽默感，越来越多的人喜欢在网上看大张伟耍贫，听薛之谦的段子，听郭德纲的相声。人们需要有趣的话语来丰富乏味而枯燥的人生。

不都说"好看的皮囊千篇一律，有趣的灵魂万里挑一"，但只有恰到好处的幽默才可以活跃气氛。

有时候几句自以为是的玩笑话就已经冒犯了朋友，遇到不会说话的人是什么体验？相信不少人都有过类似的糟糕经历。

那种感觉就好像你口渴时在野外远远看到树上挂着一颗果

子，费劲摘下来后才发现果子已经烂了，且还散发着恶臭。此时已经不仅是口渴了，还有些恶心。

真正的有趣一定是说话刚刚好，不会觉得交浅言深，也不会觉得在恶意嘲讽，那是从骨子里散发出的涵养。

PART D
有趣，是内心强大，是无所畏惧

所谓"有趣"，是擅长把这个无聊的世界变成自己的游乐场，是懂得和这个世界和平相处。

愿你既能坚强工作，又能有趣生活

办公室马姐的女儿赵卓被全美排名第一的艺术院校研究生班录取了，前天她一个人拖着两个超大行李箱，没有父母陪同，没有朋友送机，一个人从买票到登机，开始了她留学三年的独立生活。

偶然的机会，我和赵卓竟然私下里成了好朋友，在同龄人中，我唯独佩服和欣赏她。不仅仅是因为她在毕业三年后，还能考上那所院校研究生，还因为她一个人走南闯北地到过世界的很多角落，在不同的地方都能生活得很好。

2014年，她大学毕业后因为不知道未来喜欢的工作是什么，于是取出大学四年攒下的钱，来了场世界环游，到过法国、德国、意大利、英国、美国、俄罗斯。

她的朋友圈里没有那些永远四十五度角美颜的自拍照，而是各地的风景照，照片经过后期调光后，每一张都显得磅礴大气，有些照片来源于生活中的抓拍，像她的人一样自然而可爱。

我跟着她朋友圈的照片，仿佛也来了场世界旅行。

我曾问她："社会新闻经常播报中国人在某个地方失踪，你一个人难道不会害怕，万一遇到坏人怎么办？"

她说只要随时保持警惕，不要轻易相信陌生人，那么相对还是安全的。在她的旅行中总能看到别人发现不了的美景。

她在旅途中也认识了很多有趣的朋友，每一次她从外面回来，你会发现她身上有某种特质发生了改变，似乎变得更迷人，更自信，更有趣。

在那片陌生的国土上，一些有相同爱好的人聚在一起，相互陪伴，在陌生的环境里谈天说地，喝酒聊天，天亮后各自出发，除了相机里的照片，没有更多的东西可以证明彼此之间曾有过一场酣畅淋漓的交流。

旅途中走走停停，因为有时间，所以可以真正领略这个城市的风土人情，甚至还可以给自己一个机会去接触新的朋友。

旅行能让身心更自由，让灵魂变得更有趣。

我问她和旅行团出游过吗？她笑笑说："没有，那不适合我，每天几点起床，几点出发，在某个景点停留几分钟，那种被束缚的感觉不像旅行，更像是要去完成某项任务。"

她曾一个人骑自行车环行台湾岛，让男生都对她佩服不已。前不久看她的朋友圈，好像去了当地一家福利院做志愿者，每天帮助脑瘫儿童换尿布洗床单。

她的生活逐渐脱离了我们的想象，变得更加有趣。

后来聊天才知道，她刚到美国的时候，因为身处异国他乡，完全陌生的社会文化令她感觉很不安。渐渐地，她开始不爱说话，不爱笑。直到某天她实在受不了，向学校填写了申请表，在当地的一家福利院做志愿者。

她发现在世界各个角落都会存在悲剧，但是有趣的灵魂能在悲剧之下看到希望，就像我们永远不能让世界没有阴影，但有趣的灵魂会学着站在阳光下。

有人说，还不是有钱，如果没有钱怎么能全世界乱跑，车费都不够吧。我只能说："故步自封限制了你的眼界。"至少我知道赵卓家庭是很平凡的，而赵卓旅行中花费的钱全部来源于自己的打工所得。

她会购买特价机票，吃路边摊，或为了多赚点钱，少睡几个小时。

如果说有趣地生活是一项了不起的技能，那坚强地工作就是锻炼这项技能的最好平台。

《第十四区》里那个为了到巴黎旅游的美国邮差胖大妈，

还不是攒了两年的钱，然后踏上了那片她一直深爱的土地。

她终于体验了一场完全陌生的冒险旅行，她说着因自学而蹩脚的法语，去当地流浪艺术家们才知道的地方"探险"。她希望自己能在巴黎找到真爱。幻想着如果自己出生于巴黎，在这座城市送信，一定会很幸福。后来她从摩天大厦看到全巴黎，张张嘴似乎想对谁说："很美，是不是？"可是没有谁在旁边。

晚上她坐在巴黎的街道边，想到了自己那段失败的恋情，想到如果自己结婚会不会不这么孤独，甚至想到了自己这辈子存在的意义。

她在美国生活快一辈子了，却在巴黎找到了生活下去的目标和勇气。

这个社会太忙了，等一个红绿灯只要三十秒，等一个电梯下行只要十秒，等一班公交只要几分钟。

我们被周围的人群推着往前走，你要是脚步稍慢，就只能逐步被排挤出局。如同蝼蚁般，过着苟延残喘担心随时可能被人踩死的日子。

在这样的节奏下，很少有人能够清楚地明白自己的价值和自己所想所要所梦想的是什么。所以我们需要奔跑，为了自由和梦想奔跑。

其实很多喜欢独自旅行的姑娘，她们第一次出发的动机要么是对生活不满，要么是在生活里因为某些状况情绪达到临界点时不得不选择逃离，很少有人真的是为了吃喝玩乐而选择一个人出发的。

《浮夸》里有一句歌词："我期待到无奈，有话要讲得不到装载。"

我总觉得那些一直在不断行走的旅客，内心一定是有很多难以言说的故事，才会在旅行这件事上这般乐此不疲。

有很多人说，自己在旅行中是为了治愈灵魂，带着故事和酒出发，遇到一个陌生人，无所顾忌地告诉他一些秘密，分别以后带着往事各自天涯。

在旅行中，人们卸下了在都市里戴上的层层面具，回到了最原始的本真状态。没有种族，没有贪欲，没有背叛，只有相见恨晚的惺惺相惜。

文艺青年们都喜欢在旅途中寻找有趣的灵魂，而现实生活中的多数人却只能把身体困于几平方米的办公间，于是有人羡慕"诗与远方"。但是我想说，真正的有趣不仅在远方，还在脚下。

生活中总能听到一些人在抱怨无聊，仿佛自己被困在现实里受了莫大的委屈。但是真正有趣的灵魂从来不会被禁锢，它不仅能有趣生活，还能坚强工作。

单位楼下新开了一家烧烤店，老板是一位"90后"的小姑娘，她大学毕业后因为找不到合适的工作于是选择创业。小店不大，从收银员、厨师、服务员、老板，全部都是她一个人。有时候很忙，忙得不亦乐乎。

某次我上班经过她家店门口，见她正在跟一个外国人连说带比画地"聊天"。大约是那个法国人在向她咨询一家店。

法国人懂一点点英文和中文，而她完全不懂法语，英文也不是特别好。

于是，两个人就这样英语和中文掺杂着，"手舞足蹈"地用两国语言交流中国地图。最后热情地将法国人送到门口，顺带连说带比画地给人家指了路，推荐了景点。

我忍不住调侃她："难道不怕给人家指错了路，丢中国女孩的面子。"

她夸张地大笑，拉长了腔调说："怎么会？我表演得这么形象，交际能力这么强，怎么会丢中国女孩的脸。"

她的生活也许在大多数人眼里是很平凡的，但于她而言，那就是幸福。

她说自己出生于农村一户很平凡的家庭，父母都是农民，家中还有一个哥哥，小时候希望自己能成为令人瞩目的人。但是等到长大后才知道，现实生活中哪有那么多令人瞩目的人，于是就把目标缩小了，想成为永远开心的人。

我问她："现在目标实现了吗？"

她使劲儿点点头："必须实现了，我从没想过自己能有一家小店，店里生意虽然不是最好的，但能给我提供在这座城市的温饱，生意好的时候能往家里寄一些老年营养品，不忙的时候还能接父母来城里住几天。"

她说等再过一两年，自己就能买辆车了，那时候接送父母就更方便。

在她身上，我看到了真正有趣的灵魂，她不会抱怨生活无聊，抱怨别人一出生就比自己强太多，她看到的全部是生活赋予自己最好的礼物，即使站在阴影下，看到的也全是阳光。

愿你既能坚强工作，又能有趣生活。

等你百毒不侵，看万事就有趣了

自从上周末堂妹打电话要我去她家接她回来后，每天下班我都能在沙发上看到她的影子。连续四天后，我问她："每天看这些家长里短的电视剧不无聊吗，难道你不需要和老公好好沟通一下吗？"

结果堂妹一听我的话，马上就炸了，跟在我身后不停地念叨自己生活的苦楚："姐，我当初就不应该不听爸妈的话，为什么要嫁给这么笨的老公？"

"他自己失败了，就来和我吵架，我早就和他说过要求稳，那个项目不靠谱，他不听，现在亏本了又不让我说。"

"我从来没要求过他能让我过上多么富贵的生活，可是他也得上进哪！"

"办公室其他的同事下班后都是老公开车来接，只有我自己必须骑电动车，风里来雨里去。"

"当初追我的人那么多，我为啥不好好挑挑，最后选了这个最差的？"

从我开始做饭，到饭菜端上桌子，堂妹的抱怨就没有停过。我很好奇，明明是花一样的年纪，为什么活脱脱把自己过成了一个深闺怨妇？

不知道你身边有没有这样的姑娘，她们总是在不断地抱怨，抱怨老公没本事，为什么别人都嫁得那么好。

这一类女子，但凡自己的老公在哪方面不如别人，就会心生埋怨，满嘴苦水。她们不知道，男人也是需要女人背后的鼓励，才能一往无前，奋勇拼搏。

对于这样的姑娘，我劝你慢慢戒掉所谓的抱怨，学会感恩。因为没有谁欠了你，别把自己活成了怨天尤人的弱者。

无论身处什么样的境遇，我都希望你永远保持一颗有趣的少女心，而不是迅速活成一颗怨妇心。

生活中最常见的就是堂妹这样的姑娘，年轻的时候因为性格好，长相好，于是追求的人一大把，多方权衡之后，选择了自认为最适合的男人结婚，本想着婚后能过上王后的日子，却不想，一下子从公主变成了保姆。

尤其在对比了周围原本条件不如自己的女孩之后，发现她们在婚后过得比自己好，这种负面情绪就会累积。在某一个不恰当的时间，因为某个刺激而爆发。

这类姑娘从来没想过，每个人在这个世界都是作为个体的存在，因为性格、机遇和家境的不同，都可能形成不同程度的财力基础。

比如，男人创业一定有成功和失败，成功则可能一本万利，失败则血本无归。人生一定有巅峰，也一定会遇到低谷。

所以，当你的男人没有达到你预想的目标时，你应当少一些抱怨，多一些鼓励和支持。在他因为失败而畏惧不前，因为低谷而失去自信的时候，你应该站在他背后，给他足够的信心让他越战越勇。

没有任何一个男人可以在穿越黑暗河流的时候，还能慷慨高歌，而此时你的抱怨只会雪上加霜，起不到任何作用。

女人可以在男人失败之后，给出一些合理性建议或者是一个温暖的拥抱，而不是全盘否定。

真正有趣的女人，既有魄力喊出"你赢，我陪你君临天下"的豪言壮语，也有勇气说出"你输，我陪你东山再起"的暖心诺言。

刚结婚的时候，堂妹在婚姻里缺少安全感，那时候她老公刚刚创业，每天需要在外应酬，身上总是带着各种酒味、烟味。那时候堂妹总是害怕老公有新欢，总是担心自己变成下堂妻，怀疑外面有年轻的小姑娘勾引他，看到电视剧里的狗血剧情，就幻想着某天有小三挺着肚子找上门了。

于是那一阵，只要老公回家晚了，就一个劲儿追问，男人回答了一遍，她仍然会找借口再问一遍。查老公的手机通话记录，查手机短信，查微信，查衬衫上有没有口红印，车上有没有长头发。

若是老公没有提前和自己说要晚回家，就不停打电话"查岗"，他没有立刻接听，就会一直不停地打，丝毫不顾虑他或许在处理重要工作。

若是老公提前告知晚上有什么活动，她也会偷偷给老公朋友打电话，看他是不是在说谎。只要在车上发现了来源不明的长发，一定要大闹一场。

其实，男人在外面奔波劳累了一天，多么希望回到家里，闻到的就是热腾腾的饭菜香，而不是冷冰冰的酸醋味。

结婚时日久了，生活总会归于平淡，情感不是男人的全部，他每天还要面对工作、交际以及种种压力，于是，男人不会像从前一样天天说"我爱你"了，也不会像谈恋爱时那样时不时制造浪漫了。

当男人从男朋友转变成老公的身份之后，他自己本身就会在某些方面变得懒惰，他开始希望你能成为一个知情识趣的贤妻，而不是拈酸吃醋的小女友。

真正有趣的姑娘，从来不会让生活陷入这坛酸醋里，她们不会用疑神疑鬼、想东想西来僵化夫妻关系，更不会用折磨自己的方式来让对方不好过。

遇到这样的女人，男人不只会身累，还会心累。

真正有趣的女人，既有自信在男人无暇顾及自己的时候给予他相对的个人空间，又有底气在他迷失方向、背叛婚姻的时候赐予他"绝对的人身自由"。

一个女人，如果内心有趣，那么全世界都是可爱的。相反，如果内心充满阴暗面，那她看所有事物都是黑的。

办公室的其他女同事又升职加薪了，她会觉得对方是不是偷偷送礼了，或者被潜规则了，要不然凭什么自己累死累活的还是个小职员？

生活中遇到一点小困难，她就不自觉地扩大化，认为全世界都跟自己对着干，为什么别人就能顺风顺水，一路顺风，而自己就步履维艰。

生活中就是有这样的姑娘，她们看世界永远看见最糟糕的一面，想问题永远想到最难解的症结，别人可以一笑了之的事情，在她们那里，就是天塌下来的大事。

从昨天商场买到的水果，到穿行马路时被人撞了一下胳膊；从办公室同事之间的调侃，到家人朋友的纷争，生活中似乎无事不在生非生怨。

其实，作为女人，抱怨只会让大家觉得你的素养低，抱怨不仅会吞噬自己的有趣灵魂，还会吞没周围的情感家园。无止境的抱怨，会让你错过了身边的美好，也辜负了生命的春光。

别人升职加薪，只有自己还停留在原地，也许是因为自己努力不够、方法不当呢，那就摆正心态继续前行。

生活中有所不如意，或许是命运无意间给你安排的课题呢，那就一鼓作气认真解答。

不要把自己的怨气到处撒播，随意发泄。心若向阳，走到哪儿不是光呢？

真正有趣的女人，既有一颗阳光心去独自面对和承受人生的"暗淡无光"，又有一股倔强劲去披荆斩棘绘就生命的"魅力色彩"。

我希望每一位有趣的姑娘，都能在历尽千帆之后，仍有一颗少女心，仍怀着一种感恩情怀，仍记得生活最初美好的模样。

真正的英雄主义，是看清生活真相后，依旧热爱生活。而真正有趣的女人，无论身处何地，都不仅能看到生命里的挫折，更能看到挫折下新萌发的嫩芽。

当你老了，仍是一位有趣的姑娘

2016年林心如和舒淇相继结婚，四十岁的她们从曾经的黄金剩女变成了恋爱中的少女，于是有网友问"女人四十豆腐渣"这句话是不是要改改了？

结果金星说："该是豆腐渣，还是豆腐渣。年龄从来不是评价女人的标准，该是豆腐渣的还是豆腐渣，该是花的还是花。"

选择做豆腐渣还是选择做花，这完全是一个女人选择对生活的态度，人的状态是由内向外散发的，如果整天喊着"哎呀，我是老女人了，哎呀我嫁不出去了，没人要了"这些怨天尤人、自暴自弃的话，哪怕只有三十岁，别人看你也已经是豆腐渣，相反，如果你特别自信，对生活也特别热情，哪怕你已经五十了，别人看你也依然是女神。

当年我看《步步惊心》的时候，迅速被刘诗诗和吴奇隆自然的演技圈粉，后来二人在现实中修成正果甜蜜恋爱，结婚那天我在朋友圈发了二人的婚纱照，配文"爱情应该就是这样，遇见彼此就是最美的时光"。

结果有个姑娘来了句："刘诗诗的中年，正好是吴奇隆的晚年，那时候刘诗诗还容颜依旧，吴奇隆已经成了老头子，这样的晚年你觉得幸福吗？"

其实我挺想问问这个姑娘的："你把爱情看得这么明白，可有男朋友吗？"

看她对待别人爱情的态度，嫉妒得直戳痛处，就知道她还是单身。

其实世间还有好多美好，每个人都有属于自己的风景，你又何必去评价别人的风景呢？

无论是容貌、学识、年龄、修养还是出身，都会构成一个女人独有的性格与魅力，你又何必揪着别人的你以为的"短板"挑开了说呢。

难道你说了别人的遗憾，自己就能圆满了吗？

要知道，姑娘，除了脸，更重要的是有趣的灵魂。

从古至今，所有的容颜终究都会老去，但有趣的灵魂却始终存在。

要知道世间好看的面孔千千万万，但有趣的灵魂就是万中挑一了。所以，与其刻薄别人，不如赞美别人，好好经营自己。

之前看过一期刘晓庆的专访，在有粉丝质疑她一把年纪仍然出演青春少女时，她笑靥如花对着镜头说："我觉得六十五岁才算中年，但无论是人生的哪个阶段，我都庆幸还年轻，还有无限的可能。"

在我居住的小区里有一位周奶奶，已经六十多岁了。她年轻的时候是我们当地一所重点高中的优秀教师，退休后，她开始周游世界。

当时小区里和她同龄的人都劝她，已经一大把年纪了，就不要到处折腾，万一在哪儿丢了性命就更不好了。

结果周奶奶说走就走，旅游前一个月，她买了手机，让孙子教给自己怎么用微信视频聊天，怎么用手机拍照拍视频，怎么上传网络，怎么和大家互动。

一个月后她准时出发，那段时间，整个小区里最热门的话题就是关于周奶奶，甚至为了看她拍的旅行视频，不少老年人还换掉了自己的"老年机"，专门买了智能机。于是周奶奶在不知情的时候，引领了一波小区时尚风。

周游世界以后，本地一家培训机构发出招聘教师的启事，她果断应聘，并顺利入职。

一切似乎又重新开始，她又开始了忙碌的教学生活，每天备课，批改试卷，生活倒是有滋有味。不过也有一些人不理解她，既然已经退休，也不缺钱，何必让自己的晚年还那么累呢？

她的回答是："我的灵魂还年轻，它拒绝苍老。"

之前有一个很热门的词语"中年危机"，那么什么是中年危机呢？就是无论是工作，还是身体与思维，都开始老化，暮气沉沉，却又墨守成规。

更可怕的是，中年人因为年龄限制，会更难适应现代社会的急速变革，于是在变革中，他们可能面对的是失去。

而对于女性而言，中年危机不仅体现在职场，也体现在家庭。

曾经的妙龄少女一下子踏进了中年妇女的行列，每天担心的是孩子学习是否优秀，自己的家庭会不会受到年轻姑娘的"干扰"。

曾经很荣耀，但今天不再被需要。余生就躺在往事上，在自怨自艾中感叹时光老去。正如我们常说的一句话"人早已死了，等着埋而已"。

做个有趣的人，生活的精彩从来都与年龄无关！如果我们仍然保有好奇，就会看到时代风起云涌，一切可能都在发生。

我们会敬畏，也会谦卑，对变化和未来敬畏，对经验和年龄谦卑。

我的印象里周奶奶就是公办学校的人民教师，她是我父亲的老师，也是我们院里不少孩子的老师。她在讲台上总是以严谨不苟言笑的形象出现。但退休之后，她再次参加工作，彻底地放飞了自己。玩王者荣耀，斗地主，甚至会在B站、哔哩哔哩网站直播。她的画风变得清奇灵动起来，聊天中更是善于用网络语言活跃气氛，在她六十五岁的时候，成了一位网络达人，赢得了无数粉丝的喜欢。

周奶奶也成了我们小区最受欢迎的老太太，因为她太有趣了。这样一个又时尚又前卫，还和无数小孩儿打成一片的"老妖精"，谁不喜欢？

辅导机构的老师曾说："像周老师这样有趣的人，成为网络达人是妥妥的事。"

我很好奇地问她，周奶奶现在上课的画风也这样吗？

她笑嘻嘻地给我展示了一张图，是周奶奶的朋友圈，我看了一眼，笑疯了。大部分是她手舞足蹈地上课的照片。

令人惊奇的是，一个学期结束，周奶奶带的几位学生，是成绩上涨幅度最大的，同时她也是学生评选出的最受欢迎的老师。

我感慨着这已经不是我印象中的六十五岁老人的生活画风。

朋友笑着说："现在整个辅导机构里的学生都喜欢和周老师玩儿，喜欢听她讲课，没别的，就觉得特别有意思，完全没有距离感。"

事实也的确如此，在有趣面前，年龄差距，距离感统统都不是问题。

身边不少年轻人反而总是在抱怨，抱怨生活给我们压力很大，买房、结婚、生孩子、升职加薪、养家糊口，每件事似乎都容不得我们逃避，我们被生活的皮鞭驱赶着前进，已经忘了有趣是什么样子了。

我们的生活仿佛被一个看不见的模板限制起来，十八岁该上学，二十五岁该工作，三十岁该养家，四十岁该严谨，五十岁该平淡，六十岁之后就要放下所有的欲望，耐心过着日复一日的老年生活。我们待人处事也越来越套路化、模板化。

所以，当我们遇见一个原本在该平淡的年龄反而有趣的人时，才会觉得如此稀有。

但我们应该明白，生活本来不是这样，每个人都有有趣的基因，每个人都有有趣的能力。

因为有趣，真的跟年龄无关，而跟心态有关。

　　我曾有过无数次设想，当我老了，应该是什么样子。

　　生病的时候，我想当我老了，我希望自己健康。工作累的时候，我希望自己能坐在阳光下安静享受午后阳光。当我工作受委屈时，我希望自己拥有一颗博大的心，不会胡搅蛮缠，不会动不动就发脾气。我还想过，若那时候我回忆现在的生活，我应该微笑，还是要叹息。

　　希望我能多读几本有趣的书，多看几场有趣的电影，多来几场说走就走的旅行。抛掉眼前的苟且，去看看远方的风景。成为一个有趣的人，并且永远保持下去。

　　好看的容貌不能终生存在，但是灵魂可以，有一个有趣的灵魂，才不会淹没在众人里。我希望我老了，依然是一个有趣的老太婆。

有趣，就是努力不问值不值得

职场中有许多人喜欢在朋友圈里晒自己在加班的图，范月是这个群体中的一位，也是最令人惊叹的一位，她的加班不仅仅是一张空旷的办公室照片，而是各种计划表、项目资料等，配的文字也是霸气，看一眼仿佛就回到了热血沸腾的高考时期。

范月是一名建筑设计师，刚入职的第一个月，办公室的同事们就已经感受到了她朋友圈的与众不同，她的朋友圈里有很多高考复习资料图片。

在工作上，范月有一种学生时期特有的执拗，为了验证一份数据是否合理，她可以翻阅几十本的资料，在多种场景中模拟实验。大概也是基于如此，凡是她负责的项目，几乎从未在结构上出过错。

从七年前刚毕业时设计院里的实习生，到今天设计院一所的所长，范月是很多人眼中的人生赢家。可在这风光无限的背后，不知道藏着多少枯燥无趣的努力。

曾有人问范月，一个年轻姑娘为了能在这个"男性优势"的行业里站稳脚，几乎把全部的时间和精力都献给了工作，甚至没时间谈恋爱。看看周围同龄的姑娘，娇滴滴地给男朋友撒个娇就能换来各种名牌，而她却得付出远超常人的努力，值得吗？

范月很严肃地说："值得，看着一栋栋有我印记的建筑拔地而起，这是我人生的乐趣之一。"

范月升职为所长后的第三个月，就遇到了职场上的一项挑战。当地想在市中心建造一个地标性建筑，消息放出后，整座城市的工程设计公司都在盯着这个项目。

范月带着整个团队，从填写竞标书，到项目设计，到咨询市场材料报价等，忙了三个多月，最后终于竞标成功。

但设计图绘出后，甲方坚持对其外形进行一番改变，梁柱异形处理，但范月却用经验告诉大家，那样的梁柱根本不足以承受整个建筑的重量。

于是双方陷入僵持阶段，为了说服对方，范月不仅查询了全国各地同类型的建筑资料，甚至将国际上一些建筑资料一起找来，再通过各种数据计算验证自己的结论。

　　最后终于说服甲方，让其放弃改造异形梁柱的念头，范月的认真劲儿可见一斑。

　　长期以来，范月都以"笨鸟"自居，对自己的要求永远是"要比别人更努力"，同事都说她"你有点变态了"。

　　不光工作，在生活的很多方面，范月都有种努力的执念。作为两个孩子的母亲，范月却保持着少女的身材，她坚持练了十二年的瑜伽，在别人都在跟风朋友圈晒马甲线的时候，她却晒出自己一组高难度瑜伽动作，别人才知道原来她好身材的背后是这样的努力。

　　某日同事在讨论自家孩子的教育问题时，有一位同事说范月女儿的字好画好是出了名的，然后问她是怎样培养孩子的。

　　一问才知道，范月练习书法已经有十几年了，不用工作的时候，她习惯宅在家里带着一双儿女练习书法，也是对心灵的一种熏陶。

　　范月说，有时她脑子里总会出现各种千奇百怪的念头，比如她曾想过，假如整个世界是上帝手里的一个水晶球，世界上的所有人和物都只是水晶球的一部分，大家自以为每个人都是自己人生的主角，于是周而复始地遵循一种规律生活在水晶球里。因为是主角，所以要努力去追逐自己想要的一切，而在这个过程中根本没时间思考"是否值得"这样的问题，很多时候换个角度看问题，所有的事情都会有不同的解释。

生活中，有很多像范月这么拼的姑娘；也有很多姑娘，明明是主角的料，却生生活成了配角甚至群众演员。

编辑部的阿娇最近辞职了。阿娇是从北京一家杂志社辞职后来应聘的，"90后"，形象好，性格也活泼，在同期来的新人里算是很出挑的一个。一开始我们都很看好她，但很快我们就发现自己看走了眼。

每次周一分配选题的时候，阿娇总是要挑难度最小的，晚上交稿子时她又是交得最晚写得最差的。有时候需要编辑外出采访，她永远是沉默的那个，如果有编辑问她有没有时间出外景，她一定用各种理由拒绝。周末晚上选题分析会，她经常早退或者干脆请假不来。

她觉得自己在实习编辑的岗位上有些大材小用，可是每次安排稍微复杂点的任务她又不能完成。和她同一期的编辑已经升职两次了，她还是实习小编辑一个。

阿娇的朋友圈就是一部"凭什么"的抱怨史，她的老板永远不通情达理不慧眼识珠，她的竞争对手永远工于心计善于钻营，她受到的待遇永远不公平，她的职场人生用一篇文章就可以概括——《假如生活辜负了你》。

阿娇也有目标，她的目标是"像××主编一样，大把的稿件放到办公桌上，她只要看一眼就能定下来哪份会销售好，哪份应该退回"。她却从来没想过，那样的主编也是从小实习编辑一点点做起的。

在做很多事情的时候，别人总是会问怎么做，而阿娇则是问值得吗，如此眼高手低，光说不练，即使出去谈大客户的机会降临，她能掌控住吗？

阿娇没弄明白，我们身边很多人之所以能够看上去无所不能，不是因为生来就带了某项技能，而是因为他们在某些别人看不起的平凡小事上做了千遍万遍。

任静是我因工作结识的朋友。作为一家知名服装品牌市场部的副总监，按说去仓库提货这种事完全不需要她跟着，可每次我们去办事，她都跟着忙活。

有次没忍住，我问她，她就给我讲了自己的故事。

任静毕业于某三流大学，学的是比较普通的电子商务，毕业时不知投了多少份简历，才在这家公司过了关。据说，岗位本来是给一个关系户留的，人家嫌差不来了。

去报到时，任静发现同一批招聘的员工，人家都去了总公司，只有她进的是二级分公司。询问了原因是因为自己学历差，不够总公司的招聘门槛。

刚入职的时候，任静每天的工作几乎都耗在了仓库里，每天更新仓库库存，连市场的边都摸不到。她想过辞职，又觉得不甘心。就这样不甘心又无所事事地待了半年，总公司要求送一份紧急资料。当时别的同事都很忙，于是任静被安排去做这份毫无技术含量的工作。

她晃里晃荡来到办公室，拿了资料打车送去总公司，走进市场部时，她整个人都惊呆了。市场部灯火通明，开会的开会，打电话的打电话，那些她以为没什么了不起的漂亮姑娘，一个个都跟打了鸡血似的在干活。

回到分公司，望着灰暗的天花板，她第一次认识到自己和优秀的人之间的差距。

第二天，她开始蹲守仓库，清点库存，一蹲就是一个月，把每批服装的颜色、货号和数量都记在本子上，因此更正了很多错误的库存信息，也避免了总公司因为错误的库存信息而发错货。

当时和她同样守仓库的同事问她："值得吗？费那么大功夫，也没有谁看到。"

就这样三个月后，当她蹲在仓库里把二级公司所有库存都做了统计分类后，总公司发来调令，她开始和那些名牌大学的漂亮姑娘一起进出市场部。

任静把蹲仓库的劲头拿出来去谈客户，签单子，一年，两年，这个学历平平其貌不扬以"清点库存"著称的姑娘，一路做到市场部的副部长、部长、副总监。

任静告诉我，去市场部送资料的那个晚上，她突然明白过来，那些她曾经不以为然的姑娘，自己只看到她们漂亮的脸蛋和名牌大学的文凭，以为她们能坐在办公室里不过是命好，却不知道她们曾多少次在这样的夜晚不休不眠，不知道原来那些比自己优秀的人一直都在付出比自己更大的努力，只为做得更好。

没错，努力的成果有多漂亮，努力的过程就有多枯燥无趣。

茨威格在《断头女王》里写过这样一句话："所有命运赠送的礼物，都早已在暗中标好了价格。"

我们常犯的错误，是只看到别人拿在手中的命运馈赠，却忘记那背后别人付出的昂贵代价。你不知道在被羡慕的背后，那个"她"为了一个方案每天要加班到几点，为了保持身材每天要早起跑几公里，为了一个好点子看过多少本策划书。

那些"要什么有什么"的人生，肯定是一部拼了命的奋斗史，毕竟，没有几个人天赋异禀、天生奇才。

像范月，背各种艰涩的公式，去工地爬高架察看材料耐腐蚀度等一点不含糊。像任静，为了从基层中脱颖而出，几乎全年无休，加班更是家常便饭。也像我们身边所有的普通人，为了实现一个小目标，在背后付出各种努力。

所谓的逆袭，从来不是靠运气，而是靠努力。

如果说生活是一张原片，努力就像是生活里的一张滤镜，经过了努力的美化后，你才知道原来生活可以这样美好。但在那之前，你除了埋头付出之外，感觉不到任何有趣。

想对那些什么都不想做还总是抱怨世界不公的人说，比你优秀的人都在拼命，你不努力还什么都想要的样子真的很丑。

从来没有任何一种成功，是得来容易的。这世界有一个残酷的真相，就是比你优秀的人一直都比你更努力。想过有趣的人生，就是不要问值不值得，而是直接努力。

不是生活无聊，而是你太无趣

午休的时候，阿菜在办公室念叨："为什么感觉生活好无趣？"

今天的每一分钟都是对昨天的重复。工作无趣，忙忙碌碌但又看不到实际的价值。吃饭无趣，每天都是常规的一日三餐。周末无趣，躲在被窝里随随便便就消磨过去了。她说自己甚至已经不追电视剧了。

我不得其解，问她为什么。

她满脸无奈地回答："因为觉得没意思啊！"

这句话一说出来，办公室的人全笑了，其实我和阿菜心知肚明。其他同事大概是想说："阿菜你重点大学毕业，工作好，前途好，每天下班就是休息，不用看孩子，赚的钱可以随意买自己喜欢的香水、包包，不用考虑房贷、车贷，这样的生活说一句好无趣，实在是矫情。"

她问我，是不是应该换个工作，或者辞职来一场说走就走的旅行，去看看远方，为生活注入新鲜活力。

但据我所知，就在一个月前，她刚刚结束了为期两天的旅行。周五晚上兴致勃勃背着行李上了火车，一路到漠河过了场"泼水成冰"的瘾后，又风风火火地回来。

周一见面第一句话就是："旅行实在太无趣了，所有的时间都被浪费在充满香烟、泡面、臭脚味道的车厢里。下车就是拍照，上车便是睡觉。"

其实身边感觉生活无趣的人绝不是只有阿菜一个。抬眼望去，多少人眼里写着"生无可恋"这几个字，这时候我们不得不承认，能把无趣的生活过得妙趣横生，实在是一项了不起的技能。

工作第一年，我借住在一个远房的亲戚家，在那里我认识了这样的一个高手。

亲戚家有一个二十一岁的小姑娘，刚刚大学毕业还没找到工作。某天晚上吃饭的时候，她问我要不要办张健身卡，下班后可以一起去减肥健身。

就这样我俩逐渐熟悉了起来，某次我到健身房的时候，见她正在一个女孩子身边，连说带比画地教人家怎么使用器械。大概那时候健身房人比较多，教练顾不上所有人，于是这个姑娘就自告奋勇地帮助了"新手"。

后来她还带着那个女生到身体检测室做了一场体脂检测，并根据体检表给人家分析身上的肌肉与脂肪比例，又讲了应该怎样合理进行有氧锻炼和无氧练习，甚至还手写了一份营养食谱。

于是，两个陌生人就这样熟悉起来，到那个女生离开健身房的时候，她竟然在朋友这儿办了一张健身年卡。

等她终于停下来的时候，我忍不住笑话她，难道不怕给人家指点错了，让人家做了无用功？

她大笑，拉长了腔调说："怎么会？健身这块儿我可是查阅了各种资料的，随便指导一下完全就是小意思。"

晚上我和她从健身房出来的时候，她神秘兮兮地对我说："先别回家，我带你去个好玩的地方。"

她带着我穿过几条街后，来到一个购物广场，我笑着问："难道你说的神秘地方就是这里吗？我工作的地方就是这儿了，这儿能有什么好玩的呢？"

她很惊讶："那你早就见到那条花街了吗？"

我摇头，表示并不理解什么是花街。

然后她带我到了广场背面的那条小街道，街道顶部不知道什么时候挂了满了橘色的花朵。花朵中间是一盏盏灯泡。

晚上灯亮后，映得整条街都仿佛撒满了花。

我看着她拿着手机各种角度地自拍，突然发现，原来我自己习以为常的生活，在她的世界竟然这样有趣。

我问她："你每天都过得这么妙趣横生吗？"

因为我实在想象不到，如果没有工作消磨掉我大部分的时间，一整天的空闲时间会多么厌烦。

她笑嘻嘻地说："妙不妙，我就不知道了，反正每天都很有趣。"她说每天都有无数的事情想去做，怎么会觉得无聊。

她说自己曾尝试过在这座城市挑战"24小时0元生活"。

她知道哪家超市有免费试吃，知道遇到下雨天哪家商场可以提供免费雨具，知道哪家书店可以给手机免费充电。她说挑战"24小时0元生活"最有趣的就是晚上，她本来打算在一家二十四小时便利店度过的，但是晚上11点的时候，她觉得很无聊于是就去了火车站。

车站里她见到几个等车的陌生人，几人挨在一起打了一晚上的扑克。几个陌生人，不问来处，不问去向，就这样打了一个晚上的扑克，天很快就亮了。然后，她步行回家。

她说，那种感觉很新奇，明明是已经生活了近二十年的城市，却仿佛第一次认真看它。

后来她似乎迷上了这种感觉，索性在网上专门开了个账号，帮网友"试游"某座城市。

我觉得很新奇，问她什么是"试游"？

她回答其实类似于试吃，有些人不敢吃或者吃不到某种食物，但又好奇食物的味道，于是就有人专门买了过来，拍了视频来吃，并会在视频中讲解食物的味道。而试游就是有些人因为时间或者金钱等原因，明明渴望到某座城市旅行，但却去不了，而她就是为了实现这些人的愿望。

网友想看她去哪座城市，她就在网上查好了攻略，从出发到离开，全程直播给大家看。

她说一路上自己遇到许多人，大家都很喜欢自己。旅途中会有大妈喜欢找她聊天，大爷喜欢教她看地图，有时候在一座陌生的城市还会遇到一些神奇的人，有跳广场舞跳到央视舞台的阿姨，有远赴异乡读书的学生，也有为了生活外出闯荡的中年人。这些人都会跟她讲许多自己从没见过、听过的有趣的事情。

似乎，在她眼里，满世界都是好玩得不得了的事情。

仅仅是简单的交流后，你就能轻易地感觉到，她活得特别带劲，生气勃勃的。

大概这就是罗莎琳·德卡斯奥所说的："对于那些内心充溢快乐的人而言，所有的过程都是美妙的。"

　　无趣的人生的确很可怕，但是唤醒它却并不一定需要惊天动地的大事件。生活真正的趣味都融于日常小事中。那些波澜壮阔的大事件，顶多只能起到一针强心剂的作用。在短暂的效果之后，一切都恢复常态。

　　所以，真正的有趣一定是萌发在日常琐事中。

　　就像杨绛先生的《我们仨》里记录的那样，没有波澜壮阔的一生，整本书就像是记录了普通人生活的"鸡毛蒜皮"，但就是这些点滴让我们笑中带泪。这些点滴里面才是说不尽的人间乐趣，让人回味。

　　这种来自日常的有趣，才是真正而持久的有趣，深入骨髓。

　　当觉得生活无趣的时候，不要期待来一件惊天动地的事情改变它，而是尝试着去改变自己的内心。

　　内心若了然无趣，哪里都索然无味。很多人觉得生活有趣，不是因为他们多么伟大或者多么独特，而是他们能在日常中发现生活的乐趣。

　　我们应该换个角度重新对待自己的生活，换种方式重新审视一下已经习惯的日常。

　　单位楼下的餐厅，偶尔约了好友去品尝；新营业的游泳馆，趁着周末去体验一下；经常在电梯见面的陌生人，尝试着去打个招呼给个微笑。

这些生活中的寻常，只要换个角度去想，每一样都能变得有趣且耐人寻味，抵得过"诗和远方"的乐趣，也拼得过昙花一现的美丽。

真正有趣的生活，从来不需要用"诗和远方"来堆砌。它沉寂在柴米油盐酱醋茶里，却有采菊东篱下，悠然见南山的意趣。

生活中的大波澜永远只能是点睛之笔，是锦上添花，却不能是雪中送炭。

要想拥有一个有趣的人生，我们必须尝试着与日常琐碎谈情，让生活在无趣和习以为常里开出鲜花。

有趣就是生活充满仪式感

室友约我出门逛街，前一天晚上约好了时间，第二天一大早就起床开始忙碌。

从洗澡，做面膜，吹头发到化妆搭配衣服，整整用了三个多小时，我睡眼惺忪地在一边啧啧感叹："咱们今天出这一趟门，如果只在外面逗留三分钟，都对不起你早上这三个小时的忙碌。"

的确，对于大部分姑娘而言，这早已经不是洗把脸就能出门的时代。

和室友逛街，绝大多数情况下我们都会等得不耐烦，因为无论时间多紧张，她一定都得涂个粉底，贴双假睫毛，涂一下口红。

我也曾质疑她："至于吗，只是去楼下超市买一点日常用品，又不是什么大日子去什么大场合？"

但室友总是在坚持，她说化妆这件事就是把所有的意外扼杀在萌芽中，因为你说不准下一秒会不会遇见自己的王子。

最初的时候我并不以为然，直到有一次我需要下楼取一个快件，考虑做这件事路程短、时间快，我甚至只是在睡衣外面套了件外套。

然而正是那一次下楼，我遇见自己暗恋了一年多的男神，那一刻我感觉被压得乱糟糟的头发、眼角的眼屎、脸上的枕巾印子都在嘲笑我。

我以前总觉得化妆这件事，是要在一个盛大的场景中才会做的事，比如遇见白马王子，比如重要约会，比如婚礼现场。

但事实上，并不是所有的机会都会提前预告，并不是遇见爱情后才开始化妆，而应该是化妆后才遇见爱情。

因为你永远盛装，才可能随时遇见王子，才有人愿意邀请你去更好的地方。

有趣的灵魂需要一些仪式感，这不是矫情，而是对生活的热爱，对幸福的敏感。我们对于生活的付出与热爱，需要我们更庄重地对待自己。

女人的仪式感不是等来的，而是自己打造出来的。

越活越粗糙的女人想的永远是："今天不会出入重大场合，干脆素面朝天。""这支口红很贵的，干脆等出去玩的时候再涂。""这瓶香水用完了，反正最近没有约会，干脆省下这笔钱吧。"

于是到最后，永远没有人约她出去玩，她的口红、香水成了自己臆想中的摆设。

而越活越好的女人，她们每天都描着精致的眉眼，涂着鲜艳的口红，喷着清新而不艳俗的香水，每天都活成最好的自己。

于是她们的约会越来越多，出席的场合越来越隆重，见识也越来越广。

她们甚至会感染身边人，让身边所有人都觉得，如果去见她不洗个澡，化个妆，就是对她的不尊重。你看，这就是女神和丑小鸭的区别，也是生活仪式感的体现。

生活的仪式感和金钱无关，而是与你感知和创造美好的能力有关。

每个姑娘都要学会化妆，这不仅仅是为了让自己和别人赏心悦目，更是热爱生活的态度体现。

生活中，那些我们羡慕的女神，她们也会仅仅为了皮肤，拒绝自己原本喜欢的辛辣；为了形体的美丽，可以不吃晚饭，坚持健身；为了容貌可以坚持早晚护肤，可以少睡一两个小时来化妆。

在她们的生活习惯里，这是一种对美的坚持和热爱，更是对更好生活的期待和向往。这样的生活态度，即使不会让一个人美得倾国倾城，也会让她的生活繁花似锦。

我认识一个姑娘，结婚将近十年了，孩子上了小学，她是一名全职太太，但从外表一点都看不出来。

每次见到她的时候，她都打扮得光彩照人，走路的姿势婀娜优雅。

有一次周末，我顺路经过她家，顺便抱了箱水果上楼。开门的她虽然穿着家居服，但一点也不邋遢，发丝不乱，妆容也很精致。

我忍不住问她："你是要准备出门吗？"

"没有哇。"姑娘笑着说，这么多年她只是习惯了每天把家里收拾得井井有条，自己也打扮得美美的，不仅自己心情好，家里说不准什么时候会来客人，如果蓬头垢面的，也是对客人的不尊重。

姑娘说她每天也会根据天气和心情搭配衣服，把自己收拾得美美的，老公下班回家看到她，心情也会愉悦很多。

她大概是我见过的活得最有仪式感的女子了。

很多男人都无法理解，为什么女人每次约会最少要有两个小时的准备时间；无法理解为什么女人能在理发店坐七八个小时，只为了剪一个头发；无法理解为什么女人宁肯每顿饭只吃馒头咸菜，也得买上千元的口红。

原因其实很简单，因为当女人用两个多小时化妆，挑鞋子，涂上新买的口红，扎好新剪的头发，走起路来都脚下生风，那一刻仿佛全世界只有自己最美，全世界的空气里都是对自己的赞扬。

这就是女人区别于男人的所在，也是女人终生在追求的仪式感。

生活中的仪式感，其实就是对一件事物的重新演绎。就像毕业典礼或是面试时穿的西装，婚礼上新郎给新娘戴上戒指的瞬间，仪式感对于生活的意义就是让自己、让别人用更庄重、更认真的态度去对待生活中的每个小细节。它会让平凡的生活变得精致，让生活每天都充满期待。

演员俞飞鸿曾说，人最开始老是从心老的，皱纹与青春有关，与美丽无关。

岁月是一把刀，这把刀对待女人尤其狠，但当一个女人拥有了有趣的灵魂和良好的生活态度，无论在哪个年纪，都依然拥有美丽。

我单位楼下有一家火锅店，老板是一对"70后"夫妻，每天早上6点就开始熬火锅汤底，洗配菜，切羊肉卷。但即使生活这么累，人至中年的老板娘却特别好看。你从她的面容、姿态里，根本看不出这生活的艰辛，岁月对她仿佛格外优待。

每天早上，老板娘都会化个淡妆，将生长杂乱的眉毛修整齐，扫上浅褐色眉粉，在疲倦的眼角画上细细的黑色眼线，在苍白的脸上涂上粉底和腮红，然后根据当天的服装涂上合适色号的口红，整个人马上精神不少。

有几次我在楼下吃饭，天气很热，旁边饭馆的老板娘头发随便扎在脑后，穿一件肥大得看不出身材的雪纺背心，脚上趿拉着拖鞋，脸上汗津津的。

而火锅店的老板娘无论天气多热，头发一丝不乱地扎在脑后，穿着合身的连衣长裙，踩一双素色坡跟凉鞋，脸上不算精致但经过描摹的脸庞，有一种赏心悦目的美。老板娘嘴角总是含着几分笑，说话的声音不大但特别温柔。

每次看到这位老板娘，我都从心眼里生出几分惭愧，我一贯是素面朝天，总是用"不化妆的姑娘也是好姑娘"的说法安慰自己。

但逛街的时候，见到那些妆容精致、穿着时尚的姑娘，也会眼前一亮。

我其实是羡慕那些会化妆的女生的，但自己总是找借口，说早上的时间太忙，或者自己化妆技术太差，总之理由一大堆，始终没能让自己和精致的女孩沾边。

直到有一次我去吃火锅，店里人不算多，老板娘坐在收银台边比较两种口红的色差。我问老板娘："你每天工作那么辛苦还有心思化妆？再说了你晚上关门时间那么晚，化妆还得卸妆，你不怕麻烦吗？"

老板娘说："不会啊，我每天早起十分钟就搞定了，再说了你也知道我们做餐饮的人特别辛苦，如果不化妆掩盖一下，自己都不敢照镜子，脸色苍白不说，光眼袋和黑眼圈都能瞬间让自己老上十岁，尤其碰上感冒发烧，整个人更是不能看。但是每天只是化个淡妆，就能遮住身体的疲惫，自己看着开心，别人看着也舒服。"

原来一个人的生活态度真的可以从她的容貌里体现，一个对生活负责认真、积极乐观的人，绝不会允许将自己糟糕邋遢、不修边幅的面容展示给别人。

哪怕每天只是让自己的容貌变得精神一些，给自己一些美的打扮，也是一种积极的生活态度。而外人在第一眼看到她的时候，第一反应便是，这个姑娘的生活一定很有趣。

无论任何人，即便是生活在社会底层的姑娘，你依然有选择生活态度的权利，也应该有让自己每天变得更好一点的能力。

有人说世界上没有丑女人，只有懒女人。同理，世界上没有无趣的灵魂，只有懒惰的思想。

的确如此，十八岁的容貌是父母给的，但三十八岁的容貌就是自己给的。你的形象里，藏着你的生活态度。一个对待生活积极的人，总会通过各种细节展示自己的涵养。如果说有趣的灵魂能决定你最终站立的高度，那么你的外在形象就是能让你有机会站上高峰的名片。

所以化妆与不化妆，真的不仅仅是一种形象，更是两种生活态度。你有趣或者无趣，日子过得好不好、漂不漂亮，看你的生活态度就知道。

PART E
有趣，是淡定，更是从容

在平淡无奇的岁月里，把生活过成段子，
无论境遇如何，都不放弃做个有趣的人。

有趣的姑娘不自卑

你必须接受这个事实：当你自卑的时候，别人撩你的成本只是撩别人的十分之一。

很多好姑娘都曾经历过一段最穷、最困窘的时期，那也是她们最脆弱、自卑的时候，她们总会轻易地依赖一个人，哪怕他给的只是很空虚的一句问候，很廉价的一个冰激凌，很粗糙的一条银手链。你以为那是全世界最好的东西，到最后才发现，他只是用低成本撩了你，而你却走了心。

周末和柴小姗一起逛街，在街边的咖啡屋她问我："如果一个男生对我非常好，他是不是喜欢我？"

我问："他怎么对你好呢？"

柴小姗说："他会给我买冰激凌，带我吃海底捞火锅，送我小礼物，晚上陪我微信聊天，各种甜言蜜语地宠着我。"

"他有没有说爱你，有没有带你去参加好朋友的聚会，有没有把你介绍给家人？"

柴小姗摇头："是不是因为我们认识的时间太短？是不是因为我不够好，所以他不愿意把我介绍给朋友？"

我不置可否，有些情感问答题，提问者并不在乎你给什么答案，她们只听从自己的内心，勇敢前行。

后来柴小姗被分手了，那个男人娶了另一个姑娘，而小姗连一个可以质问他的身份都没有。柴小姗满脸泪痕地跑来问我，为什么她总是遇不到爱情。

我告诉她："他不是喜欢你，他只是在撩你。"

柴小姗出生在北方一个小镇，父母都是老实巴交的农民，家里还有一个未成年的弟弟，所有花销全靠几亩薄田的收入，柴小姗一直活得很节俭，买菜都得为几毛钱砍价半天。

其实柴小姗面容姣好，性格温柔，身边并不缺少追求者。但是她却很自卑，觉得自己配不上好的爱情，每次遇见自己喜欢的男生，总是低着头不敢多说一句话，慢慢地她错过了自己的爱情。

但每次遇见一个对她稍微表现出好感的男生，柴小姗就会瞬间沦陷。真是应了张爱玲那句话："见了他，她变得很低很低，低到尘埃里。但她心里是欢喜的，从尘埃里开出花来。"

但即便这样，柴小姗似乎总是遇不到一个真心对她的人，她总是调侃自己是不是命运不好，要不然为什么那么多人肯撩她，却不肯娶她？

我们身边这样的姑娘并不算少，总是会为别人给的一点点温暖而感动，因为一句贴心问候而想入非非。那些别人眼中的习以为常，在这些姑娘眼中就是满天的幸福，她们不懂什么是撩，于是在别人不走心的过程中，轻易交付了自己。

有人说，这其实就是"穷"闹的。

因为穷，所以打心眼里自卑，经不起别人随手一撩。有时候别人只是随意性的一句问候，你那边却已经脑补出一整部的偶像恋爱剧。

我想起自己曾经特别穷的时候，最幸福的事情就是下班和老友去超市买一大捆蔬菜，再买点肉丸子，在出租房里煮火锅。那时候最爱感叹的是，等我有钱了我带你们吃纯羊肉火锅，咱们去马尔代夫度假，龙虾大螃蟹吃到吐。我们两个在小小的出租屋里，做着拜金而又无节操的白日梦，那时候的我穷得真是经不起有钱人撩的。

那时候的我，内心总是动荡不安，爱不起自己谈何去爱别人。想买的衣服从来不敢买，想吃的饭从来不肯多花一元钱去吃，过着一切都只是将就的生活。因为自己拥有得少，所以不好拒绝对自己好的人，不敢追求自己喜爱的。

曾有一个小段子说，穷女孩眼里的有钱人和一般人眼里的有钱人是不太一样的：他能去吃烤肉，他有钱。他能穿HM的衣服，他很有钱。他能再去泡个小温泉，他非常有钱。他买东西从来不还价，他超级有钱。

一般人可能会感叹，穷女孩你是多么没有见识，眼光如此短浅！

但其实原因只是因为贫穷限制了她的想象力。穷女孩的日常很简单，吃顿十元小火锅得算计一个礼拜，买卫生纸买最便宜的，买衣服永远先看价签，不敢参加朋友聚会，不敢提起吃饭的话题，少于五站地的距离从来不肯坐公交车。

一个穷字压弯了她的脊梁，消磨了生活的底气和自信，处事小心谨慎。所以穷女孩不是经不起有钱人撩，而是经不起所有人的撩。

穷女孩都会自嘲"命运弄人"，仿佛自己多年来的遇人不淑，只是因为没有钱。但穷女孩从来没有从更深层次想过，自己为什么总是吸引那些渣男呢？

真的只是"穷"吗？如果说穷只是被撩的表面原因，更深层次的不过是因为穷女孩骨子里的自卑和无趣。

因为无趣，所以不关心时尚。因为无趣，所以从来不会去追求更好的生活。因为无趣，所以错过了许多次提升自己的机会。

她们总是把自己困在小小的一方天地里，即使渴望更高品质的生活，想让自己变得更优秀一点，也始终畏首畏尾，不敢行动。

她们的穷，不仅仅穷在了表面，更穷在了骨子里，然后转化成自卑，隐藏在灵魂深处。

但是我觉得，穷女孩可以在物质上穷，因为这是环境造成的，我们都有穷的时候，但心一定不能穷，见识也不能少。甭管是真的有钱人撩你，还是假的有钱人撩你，都不因为暂时的穷让自己的心也穷了，那才是真正的穷女孩。

我身边也有一些姑娘不是"白富美"，却依然活成了"高富帅"手心里的宝。

罗小曼结婚了，男友是本地有名的青年企业家。婚礼当天，有人打趣说这是新时代的灰姑娘与王子，罗小曼还没回答，男友已经接了话："我是阿朱的骑士，她是我的公主，我在千万人中找到她很难，但失去她却很容易，所以不要再说什么高攀，真要说高攀，也是我高攀了她。"

朋友当时以为他只是婚礼上的甜言蜜语，但在后来的相处中，我们感受到他对罗小曼的尊重，生活中大小事情都会和她商量，爱她所以一样爱她的亲朋好友，会适当地依赖她，信任她。

我们问罗小曼如何维持这段婚姻，罗小曼笑笑，在婚姻中我们一直保持平等姿态，他很好，但是我也不差呀。喜欢的东西我可以自己买，想做的事情我可以马上去做，他有困惑我能解答，我的聊天内容他能听懂，这就够了。

罗小曼在婚姻中的势均力敌源自她的见识，因为相信自己是最好的自己，有了自己的骄傲和底气，有了从内而外的从容感；有了更远的眼光，便不会被眼前的小恩小惠迷惑。

女孩子有了见识，也就有了底气，有了去选择的勇气，不会因为经过一家名牌店而拍照，更不屑于买了一只翡翠手镯就对别人讲十余次。

女孩子的自信，大多数来源于她的眼界。有眼界就是一种底气，也是一种资本。你有能力赚钱，也要有本事花钱。你赚的钱，自然是要用在让自己更好的地方。你羡慕别人光鲜亮丽，走路可以跟骄傲的孔雀一样，其实你也可以，根本不用羡慕。

女孩子富养自己，其实比什么都重要。只有让自己变得有眼界起来，内心远离贫困的思想，才能经得起男人的撩拨。

范冰冰曾在一次采访中说："我不想成为谁的小公主，我会成为自己的女王。"

现在越来越多的妹子拼命工作，努力赚钱的原因不是因为爱钱，而是希望这辈子不会因为钱和谁在一起，也不会因为钱而离开谁。

这些姑娘努力工作，从不敢让自己有丝毫的懈怠，并不是因为她们身边没有追求者，相反这样的姑娘身边的追求者并不少。

她们只是没有向世俗妥协，没有败给年龄和现实。她们有一份不错的工作，会花钱保养自己，也舍得去看一看诗与远方。

她们的努力是为了以后可以不向讨厌的人低头，也为了能够在自己喜欢的人面前，不至于自卑得抬不起头。她们会在他跟前，充满自信，理直气壮地说出那句话："我知道你很好，但是我也不差。"

她们要成为和自己男人并肩承担生命责任、迎接狂风雷雨的木棉树，不卑微，不匍匐，并肩而行。

好的爱情，是棋逢对手，见招拆招；是势均力敌，比肩同行。

不知道未来你会遇见怎样的人，但可以肯定，无论对方是怎样的人，他同样也渴望着你的优秀从容。

所以，你不必着急，更不必自卑，不必焦虑未来需要用什么样的手段才能让他宠爱你如至宝，你只需要把所有的等待换成你的武装，然后站在他面前，结束所有一个人的孤单，微笑对他说："余生请你多多指教！"

贴标签是最无趣的事情

我的一个朋友第一次相亲，双方见面后第一印象良好，在相互交谈了十几分钟后，互相加了微信。随后两人在网上来来回回聊了不少，在感觉谈得还算融洽后，男方提出了约会。

我朋友欣然前往，为了给男方留个好印象，她穿着将近七公分的高跟鞋，做了个发型，精心地化了个淡妆。

谁知道男人见她后第一句话就是："你和上次见面很不一样，会经常化妆穿高跟鞋吗？"

朋友瞬间想到第一次见面时，因为自己周末在户外参加某项运动比赛，所以穿的休闲套装，加上跑跑跳跳了一整天，淡妆最后也成了素颜。

于是朋友简单解释了几句，说："基本上都会化个淡妆，不过高跟鞋根据场合来决定。"

这个话题很尴尬地结束后，男方又问："你平常会去酒吧吗？"

朋友说："和朋友聚会的时候会去。"

谁料男方顿时皱起了眉头，说："女孩子还是少出去瞎玩，穿高跟鞋、短连衣裙，再去酒吧，这都不是好女孩会做的事情。"

朋友被这长长的一句话震惊了，反问他："那你们男人呢？"

男方回答："我们男人不一样，我们是真的去喝酒，现在有很多女孩去酒吧都是有目的的，说不定就是为了去找一些有钱人。"

他后面一直在滔滔不绝地举例，可是我朋友一句也没有听，她只是看着这个男人的嘴在不停地动，突然发现他越看越丑，越看越low。

朋友很愤慨，为什么去酒吧玩，就成了寂寞、空虚、浮夸女孩的标志了？为什么自己不喜欢，就觉得别人用这种方式生活是错的，是无耻、不道德的？这是什么道理？

曾经有一位女孩给我留言说，她曾经因为一段刻骨铭心的感情，在左臂上文了一句英文诗句。后来虽然已经对那段感情释怀，但因为习惯了文身的存在，也就没有去洗。

直到有一次她去学校旁边的健身房游泳，换了泳衣刚入水游了一圈，突然有个男生过来和她搭讪，并想要她的微信号。

女孩微笑地拒绝了这个陌生男人，不久，她的微信上突然多了一条信息，是学弟发来的。"学姐，刚才跟你搭讪的那个人你千万要小心，我今天也来游泳，刚才你从更衣室出来的时候，那个人正好经过你身边，看到了你胳膊上的文身，于是在这边打赌说几天就能睡到你，我问他为什么，他对我说'有文身的女孩子嘛'，肯定都很玩得开，几天绝对搞定。所以你千万别上当受骗啊！"

这个女孩听了，一边很感谢学弟，一边有点伤心。

为什么因为我有文身，我就是一个放荡的、很好睡到的女孩？

现实生活中，我们见过太多这样的例子，甚至我们自己内心存在偏见却都不自知，看到外表，就给别人贴标签。

比如有些女孩染了一个很有个性的发色，那么她一定不是个好女孩。比如有些女孩上学时成绩很好，只是性格偏内向，那么她一定是一个木讷的书呆子。比如有些女孩爱穿夸张的高跟鞋，喜欢追逐时尚，那么她性格一定玩得开。

这些标签背后暗含的内容千奇百怪，有些甚至毫无逻辑，但偏偏就是有大把的人相信。

前段时间朋友圈被"油腻中年男人的几大标志"刷屏。据说，如果一个人具备头顶微秃、鼻毛外露、戴各种珠串、留长指甲、说话急了嘴角便会泛白沫、手托保温杯等特征，那他就是"油腻的中年大叔"了。

而当"油腻中年男人"正说得津津有味时，有男性网友不服，于是做出了女性版"油腻中年妇女的几大标志"，比如文了眉毛、唇线、眼线，每天用各种"鸡汤文"在朋友圈打卡，有肚子但偏爱紧身衣，广场舞文化爱好者，会穿家居服出门，随时随地都能睡着，等等。

这些所谓的标志就像是一个个隐形的标签，引导着大众的第一印象。

有一天开车去机场的路上，突然有一辆外形极其惊艳的豪车从旁边超车。车窗是开着的，司机是一位很美的女孩子，年轻精致的妆容，一看就价值不菲的小连衣裙。豪车很快就超车成功，经过的瞬间，车里的两个男同事笑着往里看，意味深长地对视后哈哈大笑。

谁都知道他们在想什么，他们觉得这个女的这么年轻漂亮，就开着百万豪车，穿得还那么性感，肯定是傍上了大款。

但很巧的是，因为工作上的业务合作，我恰好认识这位开豪车美女。

她是一个领着高薪的女强人，比那些薪水不高却喜欢对女性评头论足的男人强多了。

为什么开着豪车的漂亮女孩，就一定是傍大款、"小三"、富二代，而不是自己努力得来的结果？

小C是我大学同学，毕业后就和热恋了两年的男朋友结婚了，只不过王子公主的童话故事没有延伸到婚后生活。在结婚一年以后，双方因为彼此工作忙，聚少离多，两年的感情也在柴米油盐的争吵中消磨殆尽，最后和平离婚。

离婚后的小C更是将全部的精力投入到工作中，于是短短两年时间薪酬待遇连续翻番，也是在这个时候，她遇见了现在的老公。

两人在一家企业的年会上相遇，彼时小C是一家百强企业的中高层，而她老公是创业的应届大学生。

两人一见钟情迅速坠入爱河，周围的朋友在得到消息后纷纷送上祝福。但在这一片和谐的祝福里，却夹杂了几种异样的声音。

有人说男方只是图个新鲜，怎么会找一个比自己大，还离过婚的女人。

也有人说这段感情里，小C用尽了手段才胁迫男方和她在一起。

为什么在爱情的世界里，女人就一定要处于弱势地位，为什么离异的女人就不能遇到更好的人？

除此之外，社会大众对女性错误的标签印象实在太多了，比如在他们眼里，女人一旦怀孕就必须大吃特吃为给胎儿补充营养。若是见到哪个女人怀孕后只是胖了肚子，孩子就一定是营养不良。

见到有孕妇晒出自己练瑜伽的照片，就议论："一点责任心都没有，也不怕孩子出意外。"

等到孩子终于出生后，女人就一定要比以前看着衰老一点，累一点，憔悴一点，这才能是个好妈妈。

若是见到"时尚辣妈"，那么就会有已婚妇女开始七嘴八舌，喜欢和羡慕的是少数，大部分讨论的重点是什么呢？

"你看她，都当妈了还穿成这样。要不就是家里有钱不用自己照顾孩子，要不就是光知道打扮自己和孩子的外表，不知道去真正照顾、关心孩子。"

总而言之就是两个字——浮夸。

为什么有些人处理不好柴米油盐的琐细，却要说会生活的人浮夸？

这个世界上，有太多标签党了，太多人喜欢给别人贴标签，太多人喜欢一眼定乾坤。

我们见过很多看起来很能玩的女孩其实很专情，她们结婚以后收拾了罗裙钗带，用柴米油盐守着一个家庭的岁月静好。也见过许多看起来很青春善良的女孩，因为内心贪婪而故意介入别人的婚姻，破坏别人的家庭。

见过衣着得体，绅士无比，但其实每天上班就是混日子，想着找个有钱女人的小白脸。也见过不修边幅，见了谁都好像不太搭理，自由散漫，但业务能力出色又负责的精英。

我们也看到街边文身摆摊、一脸凶相的小痞子常年照顾自己生病的父母，无怨无悔。

永远不要给别人贴标签，永远不要选择第一眼就否定或肯定一个人。

外表和行为可能一定程度上反映了一个人的生活方式，但绝对不能代表这个人的人生态度。你贴的标签，不一定是真的，不一定是美的，也不一定是对的。

接纳这个世界上各种看起来不体面的人和与我们有些地方不同的人，忽略流言蜚语，看到外表下的真实。

有趣的女子不会担心爱情来得太迟

黎琳是我朋友圈里活得最潇洒的那一个。但刚刚过完本命年生日，她就陷入了长久而持续的焦虑中，焦虑的主题只有一个，已经是老姑娘了，得赶紧嫁出去。

我经常在深夜接到她的相亲汇报，哀号自己短短一个月就见遍了天底下形形色色的男人，更糟糕的是，她始终找不到一个"三观一致"的人。

黎琳义愤填膺地在手机那头咆哮："那些比我还普通的女生怎么就嫁出去了呢？我就不信找不到一个可以结婚的人！"

我好言相劝："别抱着那么功利的目的相亲，就当是去交个朋友，合适的就恋爱，不合适就不再见。"

后来黎琳终于看上一个名叫郭阳的男生，两人互留了联系方式，两人一起吃饭约会，在朋友圈各种秀恩爱，俩人每天如胶似漆的。

突然有一天郭阳消失了，黎琳删除了所有朋友圈，整天咆哮着大骂郭阳是个渣男。

后来我们一再询问下才知道，郭阳是在被黎琳求婚后的第二天消失不见的。

我冷静好一会儿才问她："你们前后不过认识了一个月，就要结婚？"

黎琳："是他提出要试婚，我才决定结婚的。"

黎琳这厢感叹自己遇人不淑、世界疯狂的时候，那边却被闺密嘲笑，一个个都在骂她傻，都什么年代了，思想那么保守。"试婚"的确令大部分人都难以接受，但认识才一个月就结婚不是更恐怖吗？

黎琳大声辩解："试婚和结婚有什么区别吗，不过是多了一张结婚证，多给我一份保障。既然他想通过试婚来快速了解我，结婚也一样能达到目的。反正我始终坚持一切不以结婚为目的的性行为就是要流氓。"

我沉默了很久才问黎琳："以前你总说要嫁给爱情，现在还这样想吗？"

谁知黎琳却嗤笑一声："爱情是什么？爱情就是一场荷尔蒙分泌过剩的幻觉，最后所有的热情都会被现实一盆水浇灭，给你剩下的就是一堆灰烬，所以我现在只想趁着年华尚好，赶紧结婚了事。"

像黎琳这样的姑娘，我遇见过很多。

而像郭阳这样的男生，我也遇见过很多。

他们一个只是单纯想享受恋爱，而另外一个却笃定了要结婚。

不管怎么说，我们终于到了身边人扎堆结婚的年龄。

曾经幻想爱情的姑娘们，也一个个急着亮出了自己的所有底牌，遇见一个条件不错的就匆忙把自己嫁了。

不知道从什么时候开始，我们都变得很忙，计划订了一个又一个，想做的事情仿佛永远都那么多，于是原本属于爱情的时间被压缩。

我们把每件事的意义用得失利弊量化，把全部的喜怒哀乐给了结果，却忽视了整个过程，忘记了一些更重要的东西。

你的灵魂那么有趣，为什么会害怕嫁不出去？

我们根本没尝到爱情的滋味，却因为身边的人都已经交了婚姻的试卷，周围不同的声音在耳边催促，问着什么时候结婚，什么时候生小孩这样的话题而开始焦虑，原有的节奏和思路被扰乱，在几次问自己有没有必要继续坚持等一份爱情之后，选择了放弃。

有人说，我希望二十三岁恋爱，二十五岁结婚，二十七岁迎接新的生命。但是人生并不是命题作文，谁也不能保证在什么时间遇见什么样的人。只有遇见对的他，无论在一起多久，生活也会持续鲜活。

前段时间原来单位的同事打电话给我，说她要结婚了。两人从第一次见面到领证，只用了四十三天。时间太短，不要说生死相许的爱情，连一点儿心跳加速的喜欢都没有过。据姑娘说，两人一见面，在互相了解了对方的基本条件后，相互权衡，认为对方是适合自己的。

第一次见面只用了不到十分钟，随后也陆陆续续地一起看过两场电影，吃过三四顿饭，然后一拍即合，各自回家取了户口本，领了结婚证，快得出乎意料。

在他们之间，速度成了婚姻的重要特征，条件适合又不是极度反感的对方，完全可以成为携手下半生的人，婚姻里除了爱情，也许依靠条条框框的约束更合适。

他们的一生仿佛都在拼速度，他们习惯了在睡眼惺忪的早晨去赶地铁，在会议前修改报告，在超市关门前购买便宜即将过期的罐头，在成为所谓的剩女之前仓促步入婚姻。

但我希望每一位姑娘都能嫁给爱情，而不是因为时间的追赶嫁给将就。人生很短，短到我们只能爱一个人。但人生也很长，长到我们终究会遇见爱情。所以，爱情真是不能操之过急，慢一点，你终会拥有。

文敏是我曾经的上司，五年前大学刚毕业的她，在一次聚会上认识了她的前夫。一见钟情的他们从相知、相恋到结婚用了不到半年的时间。

那时候他们还处在热恋期，盲目又自欺，他们爱得死去活来，因为双方家庭条件悬殊，父母都很反对。但热恋中的文敏却不管那些，冒着和父母闹翻的风险领了结婚证，并且很快就怀孕了。

两年过去了，热恋的激情已经散去，婚姻最外面那层蜜糖化去后，剩下的却是一地鸡毛。

渐渐地，他开始夜不归宿，有时回家也是烂醉如泥，好不容易清醒着在家休息，也只是坐在电脑前打游戏，完全不管孩子在一边哭闹。最后文敏实在受不了，主动结束了这段为期两年的婚姻。

我不知道一个二十多岁的女人，怎么带着一个孩子生活，会不会过得很艰难，是不是要承受社会异样的眼光？但不得不说，我们真有必要谈一场不着急的恋爱。

没有经过长时间的考验和磨合，连对方爱吃甜还是辣，喜欢哪支球队，爱好是什么都没弄清楚，如何能经营好未来柴米油盐锅碗瓢盆的平凡日子呢？

如果仅仅因为自己已经到了结婚的年龄，而他恰好年龄相仿，就理所当然地要求结婚，到底是仓促了些。

哪怕对方和你一样，只是为了一张结婚证真的和你走进了婚姻，也算是草率的决定。

前两天跟父母吃饭，谈到远房的一个堂姐，三十岁了，跟一个二婚的男人相亲，感觉各方面条件合适，就立刻筹备结婚。

可笑的是，我身边没有一个人觉得这件事有什么不妥，大家都无比认同这种"效率"。他们觉得三十岁已经远远超过了正常结婚的年龄，这时候遇见一个肯接盘的人就不错了，日子横竖不是过。

然后他们一起将矛头指向我，让我快点恋爱，觉得合适就嫁，别挑三拣四的了。

但是我一直不明白，我们连去商场买一件衣服，也需要来来回回挑好几次，怎么到了更慎重的选男人身上，就不能挑一下了呢？

毕竟时间才能考验爱情，并非冲动，并非将就。

我们都爱得太快，是时候慢下来了，给自己多一点时间，也给别人多一点时间，慢慢爱，慢慢体会，努力发掘一段感情中的养分，和一个人建立深厚的联系而不是速度去考虑如何将自己便宜甩卖了。

让彼此慢一点，谈一场不着急的恋爱。

别因为着急，而忘了当初为什么出发。两人相处中，我们可能都会因为一些小事而烦恼忧愁，因为一时得失焦躁不安，但不能忘记，美好的事物一直都在我们身边。

爱情就像划火柴，火焰小一点，火柴燃烧慢一点，温暖一直都在。如果火焰太大，火柴瞬间沦为灰烬，所以不妨让喜欢来得慢一些，让爱情留得久一些。

别在该谈恋爱的年纪忙着结婚，不如趁时光正好，多谈几次恋爱。至于婚姻，如果你能养得活自己，能够把自己的日子打理得多姿多彩，不企图靠婚姻来提升自己的生活水平，有没有婚姻又有什么关系呢？

那么，这样结的婚，才是你们爱情的真正归宿。

只有自己一个人过得不好的女人，才会去催人赶紧结婚。

所有优秀的女人，从来不幻想着依靠男人来改变自己的生活，于是她们的婚姻中更多的是有关爱情。就像现在网络上大家调侃的，"剩女"恰好是优胜劣汰的另一种名字。

这年月做剩女还真得有点本事和资格，不然早就结婚了。

所以，别着急。恋爱，急不得，婚姻更急不得，就像张爱玲说的："于千万人之中遇见你所遇见的人，于千万年时间无涯的荒野里，没有早一步，也没有晚一步，刚巧赶上了。"

你不需要等着谁愿意娶，你要成为那个有资格和底气挑选自己嫁的人的姑娘。

所以，别急，谈一场不着急的恋爱，然后嫁给爱情。

万分情商，不如十分有趣

同事的孩子读大四，学习很优秀，性格也很好，人自然也很美，突然某天给我发了条微信："姐，我喜欢一个男生，怎样才能追到他呀？"

我很意外，这样的姑娘竟然也需要费尽心机地去追求男孩。而且现在已经是大四，很快就到了毕业季，这份感情追求到后，又能持续多久呢？

但还没等我仔细思考，小姑娘另一条信息就到了："姐，我刚加了他的微信，怎么聊天呀？"

随后就是一张聊天截图，看到第一句话，我就一脸黑线。这孩子说话，太无趣了。

她的开场白："在吗？"

我说："记住一句话，没人会拒绝有趣的人。"

我们可以回忆一下，生活中什么样的事情会让我们感到有趣，答案是新奇的。

那些我们日常能见到的东西，哪怕它价值连城，时间久了我们也会觉得索然无味，只有新奇和独特才会唤醒我们的荷尔蒙。

就像是我们每天生活在一座金碧辉煌的大殿上，所见之物无一不精致、无一不华贵，时间久了，我们便会直接忽视它的存在。若此时有人送来上一个泥土捏的陶罐，你会觉得生趣盎然。

这其实是我们很正常的审美意识，类似"久入芝兰之室而不闻其香，久入鲍鱼之肆而不闻其臭"。

和人交往亦是如此，当大家都在用同一种方式去沟通时，你的合群就很容易被人忽视。所以，要想有趣，必须让大脑感觉到新鲜。要新鲜，必须有意外。

一番沟通之后，小姑娘重新给喜欢的男生发了句开场白："我猜你现在一定在思考一个极其复杂的哲学问题。"

对方很快有了回答："什么哲学问题？"

姑娘说："你在想，我是不是那个哲学问题。"

后来双方在微信上聊了许久。那一阵我经常能看到二人之间的聊天截图，她说的话就像是一个又一个的段子，总能在意想不到的地方引出笑点。

终于我在一张截图上看到男生对她回复："你好有趣，太可爱了。"

后来姑娘说她为了聊天有趣，网上下载了郭德纲相声全集，听着相声里的段子，然后再运用到聊天里，现在自己都快成相声演员了。

其实有趣并不简单指说话幽默。一个有趣的人，常常拥有三个特征：好奇、热情、乐观。

好奇让你永远有探索世界的欲望，有去体验不同生活的想法。热情让你把欲望和想法变成行动的动力。乐观让你在遭遇挫折时保持一份继续探索的勇气。

所以我对姑娘说，追求人最好的方法就是不断地丰富自己，然后让对方主动追求自己。

每个周末，姑娘都会在图书馆待一天，从文、史、哲到经济、法学、商务，无所不看。姑娘从没告诉过喜欢的男生自己有阅读的习惯。

直到某天她正在读一本经典法律案例，书桌对面罩下一片阴影。两人竟然在图书馆邂逅。那天晚上他们一起吃了饭，聊天中发现原来彼此不仅能从对方的聊天中获得欢乐，还有一种灵魂的契合感。

在更多的接触中，他们发现了更多的共同爱好，他们都喜欢摄影并且从入门到高手，从高手到专业，他们从不曾满足。

他们喜欢阅读，不仅是为了掌握那些知识，而是因为在阅读中能扩展生命的宽度。他们发现原来自己身边存在着这样有趣的人。

我的朋友当中，其实很少见西装革履的类型，并不是说我朋友圈有限，交不到优秀的朋友，而是因为"西装革履"让人感觉不爽。

有些所谓的儒雅或优雅，其实很无趣。你无趣，才会强调一个"雅"字，因为它给人的感觉就是文静，不吭声。貌似只要给自己贴上了这样的一个标签，你就可以成为一个不具备幽默感但还能讨人喜欢的人，真是如此吗？

高颜值，会让人喜欢一阵子，看多了，其实也不觉得有多美。这是实话，无论你有多美，都无法打破这个定律：多看则不美。正如一道美味的菜，天天吃，也就不会觉得它有多么美味了。钱赚得多了，也就是银行数字罢了，没那么多兴奋感和成就感了。

而有趣，就不同了，它能让你永远活在别人心里，能让你每天的生活都充满新鲜感。

王小波曾说过："我对自己的要求很低，我活在世上，无非想明白些道理，遇见些有趣的事。倘能如我愿，我的一生就算成功。"

以前或现在，你不是一直都想知道"活着到底是为了什么"吗？

现在，我可以故作深沉地告诉你：活着就是为了遇见一些有趣的人，做有趣的事，过有趣的日子。

没有谁会拒绝一个有趣的人，因为他有刚需。与有趣的人在一起，才能做有趣的事，过有趣的日子。

有一次，我去外地工作，就遇到了一个有趣的人，后来，我们成了朋友。刚碰到那会儿，她死死地盯着我，我很好奇，就直接问："你是不是从没见过比你好看的女人？"

她说："不，我只是没见过把油漆穿在身上的女人。"

原来我刚刚坐的长凳刚刷了油漆，而我并不知道，于是白色的裙子印上了红色条纹。

后来我问她能不能帮我找个商店买件衣服替换，她说这附近没有卖衣服的，不过可以帮我把后面的油漆变得没那么突兀。

我同意后，就见她很开心地拉着我走到那张长凳前，然后拽着我在我白裙子前后上下都印了几条红色油漆印。

她说："你看，这样就不会显得后面那个油漆印突兀啦，而且这种油漆画也是艺术，为了不让你自己享受这份艺术，我也给衣服印上几个。"

然后在我瞠目结舌中，她给自己的裙子上也印了几条。然后她看着我说："好了，这下你一定不会觉得尴尬了。"

当时我就决定，对这种不按套路出牌的朋友，一定要牢牢把握住。于是我们就加了微信，保持联系。

那天我们两个穿着有油漆印的衣服，在景区乱逛，身边的人来来回回，也有人议论纷纷，但我俩充耳不闻。可能生活就是这样变得搞笑、有趣，才有持续的价值。

会好好说话，能察言观色，善于调节气氛，我觉得这些都太简单了。我现在认为，最难做到的一种情商，就是有趣。

有趣就是你在看电视剧或电影时，能开怀大笑。有趣就是不用费尽心机讨好，却能让所有人觉得身心愉悦。

也许你会觉得这一点儿也不难，但想一想，这种有趣，不是夸张的肢体动作和恶俗的玩笑就能支撑的，它是有趣的灵魂自然散发出的芳香。

无论你长得有多漂亮或帅气，如果不具备"有趣"的基因，你就很难维持自身的魅力，聊天的时候会尴尬，只会说些"呵呵，嗯，好"，估计没多久，朋友们就会跟你渐行渐远了。

如果你天生无趣，那就请多接近那些有趣的朋友，因为跟他们在一起，你也会收获有趣。在他们身边，你会发现他们总能从平淡中发现生活的乐趣，天大的事情在他们眼里就像是下了一场毛毛雨，所有的烦恼最后都会变成欢笑，那时候你会觉得，原来万分情商，都不如十分有趣。

要想有趣，先从爱自己开始

前几天失眠，深夜无聊，所以只好刷朋友圈，然后见到牛小城刚更新了一条说说："比'被偏爱的都有恃无恐'杀伤力更大的是'我还爱着'。"

于是我留言问她发生了什么事情，很快她就私信我："怎么办？他刚刚给我发信息了。他说他后悔了，他说他还爱我，他问我们能不能和好。"

我能看出牛小城的纠结，一直忘不掉的初恋突然回来找自己和好，此时一定是迷茫的。内心一定有两个声音在拉扯，一个声音说："别傻了，当初说分手的也是他，现在又回来找算怎么回事。"另一个声音说："可是我忘不掉他，很多爱情故事里，不都是分手—复合才算是真爱吗？也许上一次的分开就是为了让我们更懂得珍惜彼此。"

感情从来不能由第三人来做决定，于是我只能对牛小城说："如果你们分手后他从未联系过你，现在突然在半夜联系，多半是因为他孤独寂寞了。"

牛小城过了几秒后才回复："不可能吧。"

我说："你可以选择关掉手机，等天亮后再回复，那时候没有深夜混乱的荷尔蒙作祟，情感更真实。"

你有没有这样的经历，晚上的时候我们的大脑总是异常活跃，尤其在看完一场关于青春的电影，或者一本追忆过去的书籍后，心情也会变得特别微妙，整个人也会变得敏感。

如果这些天，恰巧心情不好，我们很容易会想念一个人，想念的这个人很有可能是前任。

我们会把和他曾经一起做过的事情从头到尾再回味一遍，掐掉里面所有的不愉快，然后再给这份回忆加个滤镜，于是那份感情变得异常唯美。

我们会忍不住感慨如果当初没有那么倔强，会遗憾为什么没有牵手到白首。

我的初恋也曾在深夜的时候联系过我，大概是因为那份感情中留有遗憾，所以那时候的我和牛小城一样，对初恋念念不忘。

那次初恋联系我的时候我已经睡下，手机接收到信息后系统自带的音效竟然把我惊醒，然后我收到他的信息，他说：

"睡了吗？我有点想你了。"

我的睡意瞬间没有了，原本迷迷糊糊的意识突然清晰，就那么简单的九个字，我来来回回读了十几遍，一个字一个字地揣摩他背后的深意，然后快速回复："没有，怎么了？"

那一天我们两个人聊了很久，我电量满格的手机差点聊到关机。他说和我分手后这半年一直都不是很开心，最近工作很忙，每天都是看不到尽头的加班。

他说下班后看到空荡荡的屋子，就想起我们曾经在一起时的美好。他说很遗憾上个月你生日我没有对你说声"生日快乐"。他说他很想念我对他的好。

而我在电话这边，用尽心机揣摩他发的每一句话，然后小心翼翼地回复，既渴望在言语中流露出自己对他的想念，又矜持地不想让他知道自己对他的感情还没有全部放下。

明明那天我工作也很辛苦，明明第二天还要起很早去上班，但心情一直很激动，甚至带了一些焦灼，期待着他的信息，然后再不厌其烦地回复他的信息。

最后，他说："我们和好吧。"

我欣喜雀跃地说："好。"

第二天，他给我发信息说："不好意思，昨晚喝了点酒，说了什么话，你别放在心上，不算数的。"

那一刻，我觉得自己就像一个傻子一样，把尊严掏出来丢在地上任他踩踏，很生气，也很懊恼，但更多的是无可奈何和空欢喜一场。

就像是自己辛辛苦苦排了很久的队，又等了很久，终于买到了最喜欢吃的饭团。可是在准备把它放进嘴里的那一刻，饭团掉在了地上，撒了一地，于是除了不甘心之外，还要去收拾自己弄出来的残局。

前段时间《前任3》特别火，不少人去电影院追忆自己的爱情，小雨就是其中一个。从电影院出来的时候，她哭得稀里哗啦。在影院门口的桌子边坐了半个多小时后，她给自己的前男友打电话，电话很快就被接起，对面还是那个熟悉的声音。

小雨在这边说："如果我说我想你了，如果我以后不再像以前那么任性了，我们能不能重新在一起？"

那边大概思考了十几秒后，答应小雨和好。

那天其实是小雨的生日，挂掉电话半个小时之后，她前男友就找到了她，两人一见面就拥抱在了一起。

那天他们两人一起去吃了蛋糕，去唱了歌，又重新去看了场喜剧电影。前男友给小雨买了最喜欢的玫瑰花。后来累了，两人坐在一家咖啡屋，小声说着离开对方后彼此的生活。一切都很和谐，他们就像从不曾分手一样。

　　我们知道小雨和前任和好后，都祝福他们，我们觉得旧情人重归于好，一定会更加珍惜对方，但出乎意料的是他们又分手了。

　　小雨说："那天我主动打电话要求和好，是因为我觉得自己太孤独了，电影院里大家都是和男朋友一起去看爱情片，只有我是一个人。大屏幕里演着别人分分合合的爱情，于是我就觉得自己的爱情也坚不可摧，在那样的情况下，我入了戏，我需要一个人陪我。但是和好后，我又觉得我和他有太多的不合适，不爱了就是不爱了，我对他更多的是依赖和怀念，曾经我们因为一些问题不得不分开，可是再复合后，那些问题依然存在。"

　　我曾看到过这样一段话："深夜有着倾诉情感的好氛围，却不是一个重修旧好的合适的时间点。因为那个时候的我们，感性远远大于理智。"

　　而我把这个时间延长范围扩大，除了深夜不适合聊感情，有时候看完情感充沛的艺术作品也会影响自己对感情的判断。

　　当入了别人的感情戏后，蓦然回首，孤独感油然而起。然而待天亮后，孤独感也随之而去。然后，发现眼前的这个人依旧不合适，只好说分手，带给彼此的只有再一次伤害。

　　当失去一段感情的时候，我们往往想的是彼此之间最讨厌的那些事情。可是夜深人静的时候，我们又会突然想起曾经痴恋过的，现在依然念念不忘的人，我们拿着手机纠结要不要去联系对方。

不知道他过得好不好，他还喜欢我吗，他恨我吗，他有没有找到新的女朋友，会不会已经忘了我，很多问题萦绕在心里。

有些人纠结一阵后，会选择放下手机，选择不打扰对方，但也有些人会冲动地去发一条信息去试探。

但是很久没有联系过的两人，真的会因为一个电话就和好吗？

生活毕竟不是偶像剧，没有谁会在原地等着谁。

不过也有些人会说："不要用你自己的情感经历来否认我的爱情，我喜欢他，所以我不在乎他的再一次拒绝，所以，我可以放下尊严去主动问他要不要和好。"

但是你从没想过，如果他那时候也只是因为无聊，因为失眠，所以把你当作一个聊天的对象呢。

也许你认真说的每一句话，在他那里只是随口的一句敷衍呢。

感情中，当你把自己放得很低，低入尘埃的时候，换来的多半是不在乎。所以，你要知道深夜里的感情最不真实。

　　而我只想说一句，拜托，请你先学会爱自己。所以，请不要在深夜的时候联系前任，哪怕你依然喜欢他。

　　你要知道，如果他真是喜欢你的话，他会在白天的时候主动联系你，会提醒你早点睡觉，会告诉你熬夜不好，而不是在深夜打扰你，让你陪他聊天。

　　五月天有首歌叫《温柔》，其中有句歌词是"不打扰，是我最后的温柔"。

　　而我只希望这种温柔，你我都有。

你可以道歉，但我也可以不原谅

　　大学时候有一教授，七十多岁的老太太，常穿一身精致的旗袍，风趣幽默，举止优雅。

　　上课第一天，她就给我们讲了这样一个故事。刚参加工作的时候，她家成分不好。父母为了让她不受到连累，就让她和家世背景不错的男友尽快成亲。

　　但是没想到，一年后她还是被一个同事诬告，不仅自己失去了工作，老公也受到了牵连，被打断一条腿。

　　后来时代变迁，经过平反，老教授和丈夫相互扶持重新登上讲台。两人本都是书香世家，索性将余生全部献给了教育事业，闲暇两人也会一起逛逛校园，在湖边的椅子上坐着聊聊天。

　　她说平反后曾经的一些朋友、同事都来找过自己，大家坐在一起说起曾经的无奈，感情中是有许多愧疚的，她原谅了所有人，除了当年诬告她的那个同事。

当同事找上门来寻求原谅的时候，老教授对他说，我们以后最好还是不要再见面了，我不恨你，但也做不到原谅你。

老教授在课堂最后的一段话，至今记忆犹新。

无论怎样，永远不要轻易去伤害别人，但如果别人伤害了你，你也没必要强迫自己去假装大度。有时候，不报复就是最大的大度，不忘记则是对自己最大的保护。

郭德纲有次接受采访，说起曾经的一段往事，他说了这样一段话："其实我挺厌恶那种不明白任何情况，就劝你一定要大度的人，离他远一点，雷劈他的时候会连累到你。"

其实我能理解他，因为有些事情并不是道歉之后就可以代表不存在，有些伤害并不是随着道歉就能被抹平。

生活中很多人过得不好，不是不懂得原谅，反而是太容易原谅别人。

有些人说要感谢生活给予自己的所有痛苦，因为是它教给了我们成长。我并不认同这句话，有些疼痛我们可以感谢，因为痛过之后是凤凰的涅槃重生。但是有些东西就像是木刺扎进了肉里，当时没来得及拔出来，时间久了伤口愈合，肉刺也长在里面，不定期就会化脓，这种疼痛是伴随一生的，想拔出来，就要承受对自己的二次伤害。

我承认人都要向前看，但是也没必要假装大度。有些事情不能释怀，那就铭记。

我有个朋友姜玲，初中的时候被班里女生排挤。班里的女生有人造谣说她的情感史不清白，一传十，十传百，不过几天整个年级都知道了。且谣言在经过添油加醋之后，版本多样，后来甚至发展成姜玲和校外人员厮混在一起，且已经数次打胎。

在当年那个小镇上，这种谣言足以毁掉一个女孩。于是当一次放学途中，有校外人员出现在她面前称要和她交个朋友时，她吓得号啕大哭。

她为这事抬不起头来，不愿意去学校，也不愿意告诉父母。父母于是打骂她，家里气压每天低得人喘不过气。后来这事被校领导知道了，校领导勒令那群人向姜玲道歉。

那天在班主任办公室，那群人穿着花花绿绿的衣裳，一个个走到她面前，吊儿郎当笑着说："对不起啊，你原谅我呗。"

每当一个人走到她面前，听着这羞辱性的道歉，她脸上的难堪就多一分。

当所有人道完歉后，老师走到她面前，说："姜玲，你看，人家道歉了，你愿意原谅他们吗？"

　　姜玲看着老师，眼泪流得停不下来。后来她得了抑郁症，休学一年。

　　再后来姜玲去了别的地方上学，她说自己不愿意再回忆那段过去，但更不会原谅那些人，因为他们自认为的小小恶作剧，却让她差点跌进地狱。

　　初中时有一个女生因为门牙较大，被同学取名"大牙"。也许在别人眼里，这个绰号无伤大雅，但对于那位天性敏感的女同学而言，那个绰号像是一个镣铐，锁住的是她的自尊。

　　后来那位女生已经矫正了牙齿，却依然刻意笑不露齿。若有谁盯着她脸多看几秒，她就觉得对方在议论自己的长相。

　　哪怕是那位女生后来已经成了大家眼里公认的美女，但她却始终在外貌上不自信。

　　我曾问她，你会原谅第一个喊你"大牙"的人吗？

　　女生想了想后，摇头，她说哪怕知道那些人并没有心存恶意，但是这份伤害却实实在在烙在了她的生活里。到现在为止她都不习惯大笑，不习惯一切可能会露出牙齿的活动。她说我不恨他，但我也无法原谅他。

　　好多年前，有一部电影叫《密阳》。讲的是一个中年丧偶的妇人独自带着儿子，来到了密阳这个地方，正要重新开始生活，儿子被人杀害了。痛不欲生的她，开始信教。

教友们劝导她人生而有罪，所以要学着宽恕与原谅，这样才能拯救自己。于是她每天跟着做祷告、念经，直到有天她觉得自己已经能够原谅那个罪犯，能够心平气和地面对他时，她去监狱探望那个罪犯，结果那个凶手站在监狱里一脸祥和地告诉她，早在她原谅他之前，他就已经得到了上帝的谅解。

女人像疯了一样，愤怒地冲出监狱，狂风暴雨似的开始了她的报复行动，她还没有原谅他，上帝凭什么原谅他？凭什么？

前些年有个新闻，有两个七岁的孩子带着一个三岁的孩子上了电梯，并按了20层，电梯门就要关闭的时候，年龄大的两个孩子转出了电梯，只留下那个三岁的孩子。结果电梯门开，三岁的女孩懵懵懂懂走出来后从20层的窗户上摔下来，当场死亡。

于是受害人的家属要求七岁孩子的家长承担责任，另一边的家长却护起短了："他们还只是个孩子，做错了事情已经道歉了，大家还想怎样？"

世人都知"以德报怨"，但鲜少有人知道，这四个字的后面跟着的是"何以报德"。以德报怨，何以报德？那么，何以报怨？孔子说，以直报怨。

电影《亲爱的》里，黄渤对人贩子的妻子说："我顶多做到不恨你，这到头了。"

我不恨你，这已经是我能做到的全部。

《神雕侠侣》里，一灯大师拖着行将就木的裘千仞，走到瑛姑跟前，去祈求原谅，瑛姑冷漠拒绝。

一灯大师劝她放下执念，却不知道当年因为裘千仞那一掌，害死了瑛姑的孩子，也将她这一生都尽毁了去。所以她不是不原谅，而是不能原谅，若是那原谅的话一旦说出口，那么她怎么面对当年死在襁褓里的孩子，她这悲苦的一生又找谁去说理？

我不是不想原谅你，而是不能原谅你。因为那两个字一旦说出口，我再也无法面对那个彻夜痛哭、饱经煎熬的自己。

我不能背叛过去的自己，不能背叛我的心，它还在受苦，我有什么资格原谅你？

是的，曾经的大家也许都不懂事，所以你道歉，但是你的道歉只是能弥补了你心里的愧疚，你的道歉只是让我曾经受到的那些委屈和冤屈，得到洗刷了。但在那之前，我承受的煎熬和屈辱，丧失的尊严和人生，因此而改变的轨迹是再也回不去的。

不是所有道歉都能被原谅，因为不是所有伤痛都能轻易被抹去。

　　道歉是你的事，是你为了自己的良心过得去，但我不必为了你的心安负责任，导致现在这一切的不是我，而是你自己，所以原谅不是我们的义务。

　　每个人都该知道：道歉是你的一厢情愿，但原不原谅是我的选择。

PART F

有趣，是知情，是识趣，是修养

没有无聊的人生，只有无趣的生活态度。

你刻意有趣的样子，真的好无趣

不知道有没有谁和我一样，拥有奇怪的笑点和泪点。一部电视剧别人感动得泪流满面，而我面无表情坐在一边。而有时一部喜剧电影我却居然鼻子一酸，眼泪唰地就下来了。一个段子别人哈哈大笑，我常常觉得好无聊。而大家觉得是一个冷笑话，我却可能笑到肚子痛。

最初的时候我为了不让自己显得那么不合群，还专门迎合大家，别人笑的时候我使劲儿笑，别人哭的时候，我装作用力哭。

这样几次以后，我觉得应该颁一个"奥斯卡影后"给我，这样的面子社交太累了。后来我为了不勉强自己，别人再叫我出门聚会，我都直接拒绝。

我宁愿独处，宅在家里看书读报听音乐看电影，也不愿让自己装作有趣。

周末的时候，我会邀请朋友来家里做客，大家一起逛超市挑选自己喜欢的菜，挤在我家的厨房里聊天做饭，结束时还要吹捧自己的厨艺，玩笑式地贬损对方的厨艺，谁也不会觉得没给谁面子。

酒足饭饱之后，我们甚至还会开一个睡衣派对，大家穿着或清新或娇媚或可爱或奇葩的睡衣，在房间里走来走去。

我们会用剪刀石头布的方式选出洗碗工，然后其他人用各种姿势占据着沙发的各个地方，吃着水果看洗碗工在厨房忙碌。

那阵子"有趣"这个话题还很火，我问我的朋友们："你们觉得我有趣吗？"

他们的回答千奇百怪，有人说我"淑女的外表与怪异的灵魂不符"，有人说我"脑洞大过天"，这些话简而言之就是七个字——你是个有趣的人。

所以你看，即使我笑点和泪点奇怪，对于喜欢我、了解我的人而言，我依然是个有趣的人。

前段时间，我有个朋友失恋了，因为男朋友嫌她无趣。为了挽回男朋友的心，她从网上买了一大堆关于怎么做一个有趣的人的书。她拼命想成为那种符合男朋友心目中有趣形象的女人，结果还是失败了。

　　我见她那段时间很消沉，就劝慰地问："能告诉我你都做了哪些有趣的事来挽回男朋友的心吗？"

　　她兴致很高，马上滔滔不绝地告诉我，她是严格遵照网络上的一份"有趣女子速成"的经验贴吧学习的，比如每天背十个笑话，一周读一本书，约会不再去大众电影院，而选择去听歌剧逛画展，即使看电影也只选冷门小众电影……"

　　我耐心地听她说完，然后问她："你觉得那些笑话有趣吗？你喜欢看书吗？你听得懂歌剧看得懂画展吗？你看小众电影的时候睡着了吗？"

　　她说："是，我现在还不能特别适应这种生活，但假以时日，我一定可以变成一个有趣的人。"

　　然后真相是，为了看上去有趣，而强迫自己去做压根不感兴趣的事情，把有趣当作一项任务去完成，恐怕一辈子都不会有趣。

　　从你萌生出"我要变成有趣的人"这样的想法那一刻开始，你的人生就已经趋向于无趣了。因为真正的有趣是一种无任何功利心的闲情逸致，是你从未想过自己在别人的标准里是否有趣。

　　有趣就是做你喜欢做的，不需要迎合任何人。

　　你不会因为对方的一句无趣而否定自己，也不会因为别人夸赞的有趣而沾沾自喜。真正的有趣从来不是以别人的标准制定的，有趣只存活在自己的世界里，与旁人无关。

你的有趣只有自己知道，而别人的有趣你也看不到。

那么理想中一个有趣的人是什么样呢?

我想应该是刻在骨子里而自然流露出的小俏皮吧。杨绛回忆她先生时说，钱钟书趁她睡着的时候在她脸上画大花猫，还在女儿肚子上画。不止如此，他还在自家猫和林徽因家猫打起来的时候，拿个竹竿在旁边为自家猫加油。

《红楼梦》里，黛玉、湘云是读者公认有趣的两位姑娘，探春、王熙凤同样有趣。相对地，迎春、宝钗则被认为没那么有趣了。

有读者分析这几位姑娘的性格，黛玉、湘云是有小脾气的，在大观园的生活中总是能看到二人率真的言语，几句话都逗乐了一园子的人。探春是有大脾气的，王熙凤是有暴脾气的，她们的有趣正是在这些外露的脾气性格上。

黛玉会伤春悲秋，游园看到花瓣凋落想到的不是"落红不是无情物，化作春泥更护花"，反而是扛了小锄头来葬花。她的思维也极其敏捷，刘姥姥游大观园，她竟能想出"携蝗大嚼图"这样的词语来，更不要说和宝玉日常争吵时拈酸吃醋使的那些小性子。

　　史湘云豪迈，喝醉酒大石头上就躺着睡着了，拿铁架子大块烤肉，被人说乞丐一样理直气壮反驳。贾探春有玩具收藏癖，遇见各种精致的小物件就一定要讨了过来。王熙凤虽然争强好胜，但一双利嘴却最会说笑话，嘴快人爽利，也为其性格增分不少。

　　她们这几人活得比较自我，不迎合别人不委屈自己，一点都不符合那个时代标准的大家闺秀、公府小姐或媳妇的形象。她们有趣的那些点，恰恰就是因为那些不符合她们的身份。也正是因为这些不合适，让这几个人物灵动起来。

　　就像曾经刷爆朋友圈的游泳健将傅园慧一样，说话完全不按套路出牌。她的反套路不仅不会让人厌恶，反而让观众看到了她的率真，为她的可爱纷纷点赞。

　　其实，所谓"有趣"是一件很主观的事情，每个人定义有趣的形象可能都会有所不同，但对于评价者来说，有趣的本质就是一场愉悦的意外，是一种惊喜。

　　当预期和实际接触后的感受重叠部分越少，且让你惊喜的部分越多，这样的人你会觉得越有趣，反之亦然。

　　不过，有趣也是分等级的，高级的有趣并不是轻易就能达成的，它要求一个人自然而然地做自己，有趣生活，开心每一天，不必刻意为之。最重要的是，有趣不是孤芳自赏，而是需要与价值观相近的有缘者产生共鸣，否则，你分享的有趣只会被人误解是炫耀，你的玩笑会被人理解是刻薄。

假如你真照着对方期望的样子强迫自己"有趣"起来，即使变成了对方希望的样子，对方也不会再觉得你有趣。

有趣虽然可以后天培养，但并不是刻意演出。即使你掌握好套路，终有一天他会腻烦了你的有趣，那时候难道你要去学习另一种有趣吗？

所以，与其刻意迎合，不如坚持做自己，理解你的人自然能读懂你的有趣。我也相信，世界上一定有一个人会喜欢你，也会喜欢你的有趣方式。

在无趣的人眼里，你的有趣就是矫情

人们说，一辈子很长，一定要找个有趣的人在一起。

如果能遇见那个有趣的人，即使是在荒野里奔跑，在路边散步，在草地上打滚，都算不上辜负大好时光。

世上的人那么多，但真正能懂你有趣灵魂的人有几个？

上学的时候，教我们哲学课的是一位六十多岁的女教授，她似乎有一些偏执的"怪癖"，一年四季永远穿着各种式样的旗袍，每天上课前会给我们吟诵一段冗长的抒情诗。她的背包不大，里面却放了六瓶香水，和学生说话永远透着一种疏离感。

她每过一周会换一种指甲油颜色，偶尔会在食堂和我们一起吃饭，但她自带食盒。后来和她的聊天中我们才知道，她也曾是富豪家的小姐，哪怕是在社会动荡时期，骨子里的名媛修养也绝不能丢。

她依然保留着一些生活习惯，比如她喜欢一切有年代感的事物，她是唯一一位用钢笔备课的老师，她家里收藏了几张珍贵的黑胶唱片，书房里还有一台老式的唱片机。

她会定期到理发店烫发。她的生活就像遵循着一个虔诚却不刻意的仪式。

也许有一些人觉得这毫无意义。

每周在家里添置不同的花有什么意义？

对着衣橱研究搭配耗费心思有什么意义？

攒钱买一张说走就走的机票去另一个国度有什么意义？

然而，从古至今，总有这么一群"矫情"却可爱的人，他们喜欢在忙碌了一周之后，开车一个小时只为去特定的一家咖啡店喝一杯蓝山，食一碟枣泥山药糕，然后找喜欢的展览逛一逛，会花最大的精力追求自己生活的美学，把自己的生活记录成精致的手账。

这并不是矫情，恰恰是热爱生命的证明，是生活的一种情趣。

我们的生活多少还是需要这些"矫情"的，它不是出门前的淡妆，也不是外出时的坐标打卡。它是日常的一件小事，却能在某个需要的时刻，给予你应有的力量。

比如我们家里应该有成套的餐具，这样无论是招待朋友，还是自己使用都别有一番趣味。

　　书房的角落应该放一把椅子，椅子旁边要放一盏落地的阅读灯，即使我们已经很少有时间去阅读，但需要时我们也能读得很投入。

　　甚至我们可以珍藏每一张电影票，保留旅行途中的车票、机票，甚至还可以加一些旅行中的美图自制一本手账。

　　那些在别人看来或幼稚或强迫症或矫情的习惯，让它们野蛮生长，也许才是照亮你自己的时刻。

　　我们彼此之间联系越来越方便，但与之相对的是我们之间对彼此的感情越来越简陋。现代人很少再写书信，花心思包装一份礼物。我们怀旧，却对正在发生的点滴无动于衷。

　　很多人不热衷过节。但每一次的跨年夜，依然想和重要的人一起，挤在人群中，看秒针跳过12点的那一刹。

　　我们的生活节奏的确越来越快，但依然可以留一些时间给自己。在家，点上喜爱的香薰蜡烛，在弥漫开的香味里，或敷着面膜看部电影，或跟着音乐自嗨一会儿。

　　这种矫情就是我在认真生活的证明，在矫情的过程中我会遇见更好的自己。

　　闲暇我喜欢自制一些甜品，然后费心摆盘，打光，拍照。时间久了电脑里存了大量的美食图片。于是我决定开一个微博，把这些照片上传上去，一是为了分享，二是为了给照片找一个线上存储的地方。

渐渐地，那个微博竟然也收获了不少的粉丝，偶尔我会在评论区和粉丝互动。

有一个周末，我根据网上的教程做了一份芒果班戟，浅黄色奶皮里面包裹着新鲜的大块儿芒果。照片刚刚发布，就收获了不少粉丝点赞，我欣喜之余便留言说，抽奖赠同城一位粉丝一份芒果班戟。

本来是一件很开心的事情，结果就在这条微博下，我看到两个陌生人的评论："每天在微博显摆个啥，不就是一些蛋糕和饼干嘛。""一点都没见识的样子，不过是个芒果班戟也拍。"

那一刻我才真正意识到，在无趣的人眼里，你的有趣其实全部都是矫情。

你下班后不看狗血电视剧，而是学习插花、摄影，无趣的人会说"矫情，那有啥好学的"。

你戒掉烧烤、火锅，开始注意控制身材，晚上去健身房减肥，无趣的人会说"矫情，在哪儿不能锻炼非得去健身房花钱"。

他们更像是你生命中的一个看客，点评你的生活，只想满足自己的表达欲望。那些你以为的有趣生活，他们要么觉得你炫耀，要么觉得你矫情。

所以生活中找一个三观相合的人多么重要哇。两个人在一起，并不是因为多么优秀，多么帅气，而是和你有相同的喜好，能理解你的有趣。

三观不合的人会给你泼冷水。你说天气真好啊，他说温度很低。你说旅行好有趣，他说到处都是人。你说这个动漫很治愈，他吐槽你矫情。

而三观相合的人，一定很在乎你。你买回来一株绿植，他会给你找出一个合适的花盆，然后陪你一起移植进去。你买回来一套餐具，他会给你配上同色的桌布。他偶尔带回来的碟片，正好是你喜欢的电影。

这辈子若是遇见三观相合的人，生活一定很有趣。

生活不易，我们难免会遇到各种各样的意外，无趣的人会让你感觉未来一片灰暗，而有趣的人则能带你苦中作乐。

晚上熬夜加班到头昏眼花，腰酸背疼，无趣的人会吐槽你一句"别猝死啊"，然后翻身睡觉。有趣的人则会拉着你去阳台一起吹吹风，照照月光。

当工作不顺利的时候，无趣的人只会不断地数落你的错误，而有趣的人则会买上两张机票，带着你来场说走就走的旅行。

当彼此之间相处越久，当浪漫逐渐被生活里的油盐酱醋茶取代，激情逐渐变为平淡，那个始终能保护你的"矫情"的人，一定是个有趣的人。

他不需要你把生活打理得井井有条，而是愿意陪你犯迷糊。你负责闹，他负责笑，把你宠得像个孩子。他尊重你对待生活的仪式感。

生活中我们难免会受到委屈，有些东西总是徘徊在说出来矫情，不说出来憋屈的困扰中。每个人都会有脆弱或者低落的时候，无趣的人会把你的伤疤当笑话讲给别人听，并嘲笑你的矫情，而有趣的人才会懂你。

你的倾诉对象错了，全世界都知道你的丑事与悲伤。快乐分享错了人，就像被浇了一盆冷水。

遇到对的人，你的矫情便是另一种有趣。而遇见错的人，你的有趣也变成了无病呻吟的矫情。

所以，亲爱的姑娘，愿你可以一个人矫情地活，也能够遇见有趣的人和你一起矫情。要知道，幸福也许会迟到，但永远不会缺席。

有趣的灵魂终会相遇，余生那么长，晚点没关系。

你得识趣，才会有趣

上周末我们家庭来了一次大聚会，原因是为了庆祝表妹被香港一所大学录取，本来是很开心的一件事情，但现场不少人都感觉无比尴尬。

叔叔家的弟弟和表妹同一年高考，但是弟弟考得并不太好，于是整个聚会他的情绪都不好。别的亲戚心照不宣，并刻意不在餐桌上提及高考成绩，于是竟然也能呈现出一片和谐。但是很快，大姑的话让整个聚会变得无比尴尬。

大姑问弟弟："你今年考了多少分呀？能上本科线不？"

弟弟尴尬地笑笑："没考好，通知书还没发下来，不知道能不能被录取。"

大姑继续问："没考好是多少分啦？"

弟弟继续尴尬回答："没多少分，就不说啦。"

大姑步步紧逼："这有什么不好说的，不就是几个数字的事。"

弟弟终于沉默了，一边的叔叔接了话题："他一个大男生，这次高考成绩一般，我们商量了一下，考上就上，考不上就再复习一年。"

大姑拉长了语气："可不是嘛，现在的社会，学历还是很重要的，别随便找个学校去上，最后啥也没学会，还浪费了时间。"

就在所有人都以为事情到此为止的时候，这个大姑却直接对着弟弟说："问你考了多少分，你也不说，不过上学还是自己的事情，你看你姐上学的时候我们就没怎么管过她，她自己学习好就被香港大学录取了。你这成绩都不好意思说的，自己还是要多努力呀。"

弟弟碍于是长辈，笑着不停答是。

于是大姑秉承打破砂锅问到底的行事作风，不依不饶通过各种方式打听了将近三分钟，让整个餐桌其他人都如鲠在喉，以至于弟弟后来在整个饭局没有说过一句话。

为人处世带着锋芒，处处不饶人，这样的人，谁会觉得有趣？

去年网络IP剧特别火，办公室的小姑娘因为一部青春剧，喜欢上了电视剧中的男主，不仅把手机屏幕换成了他的照片，头像换成他的头像，每天发表说说的时候，配图也是他。她在办公室戏称自己是"阿姨粉"。

结果一次我们几人坐在一起讨论策划案，因为是娱乐行业，难免提到当下火的几个小鲜肉，几个同事在一起聊得火热。其中一个小姑娘就说起了那个男孩，还不等自己表达仰慕之情，这时，另一个同事A却在一旁半开玩笑地说了句："他是谁呀？就是你每天在朋友圈发的那个男生吗？那么丑有什么好喜欢的。"

场面一度非常尴尬，那个女生几欲起身立刻捍卫自己的偶像，但碍于同事关系，倒没有太过激的反应。

讨论结束的时候，那个女生很认真地对同事A说："以后别再那样说他了，我喜欢他从来不是因为他的颜值，而是他的努力感染了我，而且我觉得他很帅，你这样说很遭人嫌的。"

哪料到同事A却并没有理会她的意思，接着说道："他有什么努力的，还不是长得好点，再被团队一捧。都是做这一行的，你又不是不知道。"

这一下女生彻底坐不住了，从偶像新发的单曲，到刚刚结束的演唱会，从网络自制剧到大导演青春电影，挨个儿细数自家偶像到底有多努力。

反倒是同事A，眼看着女生要生气，自己的立场要站不住脚，末了还不忘加一句："别这么小气啊，我就是开个玩笑。"

在同事A看来，或许只是一句玩笑话，但却无意间伤了他人。推己及人，若是你所热衷的事物被他人嘲讽，你又会做何反应呢？

不识趣的人，特别没有眼力见儿。嘲讽他人钟爱的事物，不去顾及别人的感受，这样的人，谁会觉得有趣？

不识趣的人，往往不懂拿捏分寸。在朋友最需要安慰的时候，你却在一边欢呼雀跃，这样的人，谁会觉得有趣？

不少人大概都遇到过以下几种人：站在道德制高点，热衷评价别人的生活；对所有和自己不一致的观点嗤之以鼻；不厌其烦地和别人讲述自己的观点，试图将其改成自己的复制版；打破砂锅式地去打听别人的隐私包括感情和收入。

通常，这几类人我们身边总会有那么一两个，他们总是自以为有趣，却不知正是他们的不识趣让别人异常厌烦。

"这个世界上好看的脸蛋太多，有趣的灵魂太少。"这句话流行的时候，大家都希望自己拥有一个有趣的灵魂，但成为一个有趣的人的前提，难道不是先做一个识趣的人吗？

我身边有个姑娘，长相好，家境好，身边围绕了一堆的朋友。在一次朋友聚会中，她对一个男生一见钟情，于是便开始死缠滥打。

那个男生最初的时候很委婉地告诉朋友，自己喜欢的不是她这种的。结果朋友豪言壮语，直接对男生说："我的字典里就没有失败，总有一天你会喜欢我，喜欢到离不开我。"

从此后，她出现在男生上下班路上、男生和朋友聚餐饭局上、男生小区门口。时间久了，男生本来对她的好印象也全部消失了。

懂得不让别人为难，也不让自己难堪，这样的人才叫识趣。

当喜欢一个人的时候，当纠缠对方很久依然不会赢的时候，请马上面带微笑转身离开。当问朋友一些问题，对方支支吾吾不愿回答时，请马上转移话题。当向亲友推荐产品时，一遍就已经足够，当对方表达出不需要的时候，请马上保持沉默。与人交往时，学会尊重他人的感受，不因自己的行为让他人难堪。

识趣相较于有趣，明显要简单得多，与其花尽心思去做一个有趣的人，倒不如先努力做一个识趣的人。

有趣让人快乐，识趣让人得体。

你一定见过这样的姑娘，她们和别人聊天时，总喜欢用自己的方式来处理问题。她们把别人的成功归于拍马屁讨好领导，把自己背后讨论别人当成风趣幽默，把自己的尖酸刻薄伪装成独特个性。

她们为人处世带着锋芒，懒得去顾及别人的感受，把自己当成世界的主宰。

无论是在职场中，还是在爱情里，她们总是喜欢站在自己的角度想问题。繁重的工作不应自己去做，升职加薪应该想着自己，别人就该找个矮矬穷，自己就应该嫁给高富帅。

但待人接物本身就有很多的规矩，要想个性，要想有话语权，首先你得有能力去匹配。你希望获得别人的喜欢，那么请先学会尊重别人。这并不是代表懦弱，而是你识趣的一种态度。

在人生的道路上，得理不代表不饶人，识趣的人，哪怕站在正义的顶峰，也会记得给别人留个退路；深爱不代表一定要到白首，哪怕你已经付出了所有。识趣的人，从不喜欢鱼死网破，会给彼此留一些其他的可能。

无论是生活还是爱情，识趣的人往往能锦上添花，无趣的人常常会画蛇添足。只有当你识趣的时候，别人才会觉得你有趣。

他不是忙，只是不愿和无趣的你说话

一个人下班后的时间里，你觉得孤独吗？

孤独啊，尤其是在连续加班之后，回到自己又小又乱的小房间，打开微信发现没人找你，点开朋友圈、微博没有人回应你。那种哪怕想去楼下吃碗麻辣烫都找不到人陪的失落感，瞬间就能冷却你所有的热情。于是，你从没那么迫切地希望身边有人陪你。

小清说自己就是在那时候经过朋友介绍和M先生认识的。两人在一起吃过几顿饭，看了几场电影后，确定了恋爱关系。刚开始M先生对她挺热情的，每天准点守在她单位楼下，准点接送上下班。周末也经常约她一块儿玩，微信更像是二十四小时在线，消息永远是秒回。

可是才两个月，M先生突然就对她冷淡了许多。

她发微信，M先生要半天才回，而且每次回复她都是以一句"我在忙"开头，寥寥几句就打发了她。

她跟朋友一起去玩想拉上M先生，但他总是用各种借口拒绝，不是说要在单位加班，就是要和领导出差。

某个周末，她翻朋友圈见到M先生刚刚发的图片，里面的环境不像在工作，倒更像是好友聚会，便发了消息给他，但他隔了好久才回复在陪客户讨论一些事情，然后便没有了消息。后来她打电话过去，他甚至直接挂掉。

小清渐渐开始怀疑什么，几次都想抱怨M先生对自己态度冷淡了，却又担心他是真的在忙，怕说出来又让他觉得自己不懂事。

她说有时候心里真的很不舒服，可是却又安慰自己，他只是忙，所以没空陪自己。

说完这些，她问我："你说他是真的在忙，还是并不想理我？"

其实我真的很想问她是不是没看过《他其实没那么喜欢你》这部电影。

一个男人如果对你电话不接，微信不回，沟通时敷衍了事，对你越来越没有耐心，说明他不是忙，而是并没有那么喜欢你。

不是有句话说吗，喜欢一个人就像憋不住的咳嗽。他喜你只会恨不得每天能有四十八个小时，而这每一天的每一秒都想陪着你。所以，不是他在忙，而是他并不想理你。

我很好奇小清和M先生之前的相处模式，好奇他是从哪天开始对小清的态度发生转变的。

然后在听完小清的回答后，我无奈一笑，有些人真不是忙，而是不愿和你说话。

小清和M先生刚认识的时候，彼此都有些相见恨晚的意思，每天仿佛有说不完的趣事。但随着二人逐渐深入了解，一些隐藏的矛盾也逐渐暴露了出来，比如小清是一名"宅女"，她曾创下连续四十七天宅在家中不出门的纪录。她的生活轨迹永远围绕着家、公司、超市、家、公司这样五点一线。她懒得让生活有任何改变，这一点甚至能体现在每日雷打不动的食谱上，从周一到周日，七种相同风格的饭菜循环往复。

之前我们以为这是小清喜欢计划，后来发现她只是不喜欢改变。

而M先生和她恰恰相反，他喜欢运动，喜欢接触一切新鲜事物，喜欢去挑战和冒险。

于是当M先生兴致勃勃做好了攻略想带小清去蹦极的时候，小清却只想宅在家里看动漫。当小清让在日本的朋友帮忙淘到一张限量版CD想和M先生分享时，他也只想开车到西藏冒险。

时间久了，M先生便不会再邀请小清去参加户外运动，而宅在家里的小清和他打电话时，也许正在爬山的他自然没空聊天。

上周去外地出差，接待我们的是当地合作方的客户经理。上车半个小时候，他手机响了，接起来说："老婆，我在工作，晚上回家给你买礼物。"

挂了电话后，司机大哥调侃他："刚结婚的吧，今天是纪念日还是生日？"

他不好意思地笑了笑说："我俩结婚都三年啦，今天也不是啥特别的日子，就是想给她买个小礼物逗她开心。"

"那你们夫妻感情很好啊。不会是'妻管严'吧？"

"不是，就是不想让她枯燥地等我回家，这样她在等待中还能期待一下礼物。"

他说完这话，司机也不打趣他了，整个车厢内流动着一股暖暖的氛围，一时之间谁也不愿意打破。

后来我们在饭店吃饭的时候，男生很认真地拍下了餐巾纸上饭店的地址和电话。

我问他在做什么的时候，他笑笑说："这家饭店我还没带妻子来过，感觉这家饭店菜式会很合她的胃口，想下次带她来尝尝。"

所以你看，只要真心喜欢一个人，怎么会想不起来联系对方。

一个喜欢你的人，见到的每一处美景、每一口美食都恨不得和你分享，而一个不爱你的男人，只会把和你联系当作一项任务。

曾有网友说："想见你的人，二十四小时有空。"

于是有姑娘用这句话去质问男友，结果换来男友的反驳："这都是不现实的表现，二十四小时有空？就算不用拼事业，我也还要吃饭睡觉。"

但其实这句话真正想说的是，想见你的人，无论在什么情况下都会创造条件去见你。他不会找各种理由去搪塞你，即使很忙，也会在忙完的第一时间去协调，去对你解释。

就像电影里的那句台词："要是一个男人想和一个女孩在一起，无论如何，他会让它实现的。"

事实上，谁不忙呢？谁又没有工作、朋友和自己的生活呢？

如果他连一点时间都不愿意挤给你，就说明你在他生活里真没那么重要。

有趣的姑娘在感情上一定要识趣，与其纠结他为什么很忙不联系你，不如做一些有趣的事情来丰富自己。

年底那几天单位工作最忙的时候，我常常一个人深夜加班整理稿件。偏偏那个冬天公寓里暖气漏水，窗外还飞着雪花，我一个人坐在房间里抱着嗡嗡作响的电脑，钻在被窝里整理稿件。那时候我想，再也不会有谁比这一刻的我更忙了吧。

那时候我从超市买了几颗柠檬，切好后煮茶，买了一只猫。每隔一个小时就起身撸猫，喝一杯柠檬茶，活动一下筋骨。

整整一周之后，当我终于把工作忙完，才发现原来我以为再也坚持不下去的忙碌，最后竟然顺利熬过去了。

有时候感情也是如此，我们自以为离不开的感情，其实只是没有去尝试。

不知道你有没有发现，我们在遇见许多事情的时候，大脑总是会第一时间做出这件事情是否重要的判断，然后根据做这件事是否值得来决定做事的顺序。

当他一次又一次说忙，正有事的时候，也就表示你是最不重要的那件事，也许在他日程表上都排不上号，所以才会用忙做挡箭牌。

如果这样，你为什么不去做一些自己喜欢的事情呢？难道真的是因为一个人的孤独熬不过去吗？

做一个有趣的姑娘，就不要在不爱自己的人身上浪费时间。

无论如何，爱情应该是能让彼此感觉到快乐的事情。

他不是忙，只是不愿和你聊天。而你也要相信，只要你足够有趣，终究会遇见那个愿意为你有空的人。

不是所有人都配得上你的有趣

很多人说，余生很长，一定要和有趣的人在一起，不然这一辈子该得多无趣啊。

但并不是所有的人都能真正懂得什么是有趣。

有人说，有趣就是即使在逆境，也能调侃出令人捧腹大笑的段子，和他在一起仿佛生活中再也没有烦恼事。

有人说，有趣是知识广博，阅历丰富，你和他聊天总能受益匪浅。

还有人说，有趣是相互懂得，是伯牙子期。毕竟知己难觅，有时候你所谓的有趣，在另一个眼里就是幼稚的无聊。

不同的人，对同一个人评价是否有趣有很大的差异。同样，同一个人，面对不同的人也会表现出不同的有趣。

同事yoyo的长辈介绍她和一个男生相亲，不巧的是，yoyo那天因为加班被困在公司，手机也没保存对方的电话号码，只记得对方约定的时间和地点。

无奈之下，yoyo给自己的朋友小月打电话，说了地点后请她先过去给自己把把关。

当小月到了餐厅的时候，那个男生已经等在了那边，小月过去解释了一番，然后和那个男生在餐厅一起等yoyo，看得出男生很绅士很有风度。可小月每次试图挑起一个话题的时候，男生都草草应付，气氛十分尴尬。

小月当时就在想，这么无趣的男人，肯定不及格。

后来，yoyo终于来了，气氛马上变得活泼热闹。原本沉默的男生，此时就像一个相声演员，各种风趣幽默，真是有趣极了。

看得小月大跌眼镜。

原来，如果把一个人比作一个多棱镜，那么"有趣"只是其中的一面。而且，很多人的"有趣"，只会展示给他喜欢的人。

国庆节的时候，在外地工作的表妹回来了，傍晚的时候我开车带她去吃饭，那时正是下班高峰期，路上很堵。快到一个路口的时候，旁边车道一辆车拼命挤过来想超车。我按下车窗，对那司机喊："别挤了行不行，咱俩这都不是QQ，挤在一起不暖和。"结果表妹扑哧就笑了。

我虽然被她的笑感染了，但还是忍不住说："这句话真不好笑。"

她说："就觉得从你的嘴里说出来很有趣。"

每次回来，表妹还特喜欢挤在我的小公寓里，看我一边摆弄买回来的菜，一边对着平板，一边嘟囔着盐放多少，酱油多少。她说："见惯了你在外不食人间烟火的样子，还是更爱你这围着灶台柴米油盐的生活模样。"

一定只有真正理解你、爱你的人，才会觉得原本平凡的你也很有趣。

只有真正喜欢一个人的时候，才会连她的出错都觉得可爱。所以，这个世上并不是缺少有趣的人，那些所谓无趣的人，大部分是因为遇错了对象。

但并不是所有人都愿意去了解一个人的有趣，也不是所有人都愿意去陪伴一个人的有趣。

有趣其实是时间的积累，被生活的风霜吹得久了，有些人会变得越来越有趣，而有些人会越来越无趣。

我们当然更愿意和那些有趣的人在一起，但生活中我们都是普通人，不可能像偶像剧主角一样坐飞机去欧洲喂鸽子；也不是小说里的女生，随随便便站在街头就能偶遇高富帅。

对于普通人而言，有趣不过是，我放下与往日不同的模样，想对惯性的生活做一些改变，而那一刻，有人愿意陪着我、纵容我。

明明家里煮了粥，但我突然想吃楼下卖的炒凉皮，于是你陪我去吃。

我突然怀念城东那一家的小火锅，于是告诉你，而你起身穿衣服对我说："妞儿，今儿爷请你去吃。"

我做了一个旁人眼里都觉得傻的选择，你说："只要你人健健康康的，好好地陪着我，只要你愿意，我就陪着你。"

我说想来场说走就走的旅行，你说："银行卡里的钱足够了，我陪你一起去。"

有趣的人，总是喜欢成对、扎堆地出现。因为大多数有趣，往往是被激发出来的。

很多姑娘在朋友眼里温暖有趣，可却在相亲的时候，沉默寡言。有的男性，在同事面前风趣幽默，一遇到姑娘就呆若木鸡。

所以，有趣往往是一种化学反应。和对的人在一起，才会火花四溅。

人生之中，能遇到这样的情感，才是奢侈的，才是最高级别的有趣。

有的人再有趣，和你的人生也没有太大的关系，那是别人的，不是属于你的。

真正的有趣，也绝不是套路。

生活中，我常常遇到一种情况，年轻的姑娘跟我说，遇到一个十分有趣的男人，言谈举止多么有趣，自己快沦陷了。可真正相处几次后，有阅历的女人会发现，那些不过是套路。

展示给所有人的有趣并不是有趣，而是套路。同样的笑话，反复跟不同的女人说过，那叫段子手。同样的人生励志，美化过之后，对着不明真相的人说了一遍又一遍，那叫狗血人生。

你以为的有些有趣，很可能只是因为你善良软弱没见识而已。

我见过的，真正有趣的人并不多。

他们内心有一个自己的王国，有一套自己对世界的理解，有自己的生活方式，有一套自己的审美。他们的有趣不是为了撩妹，而是日常生活中最自然的流露。

他们的有趣不对外展示，只奉献给自己在乎的人。他们的有趣不是刻意的，不是为了讨好追逐某人而使用的手段，不是对外有趣，对内无趣。

这世界从来不会讨好任何人，每个人都会面临不同的困境。所谓的有趣，都是拿来抵挡无趣和困苦的，不是谈资，更不该是讨好。

在我眼里，只有保留真性情的人，才是有趣的。他们在喜欢的人面前，剥掉对外所有的防御，只将坦诚展示给对方，他们用包容的眼光来发现平凡背后的有趣和美好。

有趣的人，总会遇到另一个有趣的人。而那些无趣的人，很难变成真正有趣的人。因为，真正有趣的人，都是用心灵去看这个繁杂的世界，加一层滤镜后发现美好。

别让你的抱怨，暴露了你的无趣

有一段时间，网上流行一个段子，刚加微信的时候不要急着聊天，给彼此一点看对方朋友圈的时间。

很多时候朋友圈代表了对这个人的第一印象，我是一个无聊喜欢翻别人朋友圈的人，这就好像看书，有一些书你翻两下就不想翻了，有一些书你翻完了居然还意犹未尽。

不久前，我参加了一个朋友的婚礼，在现场加了一个很久不联系的前同事的微信。

她的朋友圈，我点开后根本没有下拉的欲望，几乎全部都是对生活的抱怨。比如我们刚刚拍了张合影，大家都发了朋友圈，大部分配的文字大都是"久别重逢，不胜欢喜"之类的，而她却说："几年没见，大家都老了，忘记了曾经的梦想，终于回归到了柴米油盐这样平凡而无趣的生活。"

再比如网络上热议的娱乐圈绯闻，她总喜欢配图说："感情不可信，彼此不过是心照不宣地各玩各的。"

再比如她给别人的旅行照片评论都是："那有什么好玩的，到处都是人挤人，还不如待在家里。"

在她生活里，似乎没有一件好事发生。

我这才记起，当年她在公司跟大家都走得不近，曾有同事说："我真的很想送她一本《不抱怨的世界》。"而另一个前同事小C则和她恰恰相反，在小C的朋友圈，你几乎看不到任何的负能量。仿佛她的生活永远是明媚和煦。如果不是了解她的人，只看朋友圈，一定会以为这是一个衣食无忧、感情顺遂的小姑娘。

某次聚会，有人随口对她说了一句："下次带上你男朋友一起出来聚聚吧，不对，现在应该是老公了吧？"

小C沉默了一会儿才说："我们已经分手很久了。"

原来那个相恋七年的男友出轨他人，分手的时候还闹得十分难看。我们听说后都很惊讶："怎么我们没听到一点风声，你在朋友圈里什么都没说。"

小C笑了笑："那些抱怨我都设成了仅自己可见。"

这是一位高情商的姑娘。

大多数人只是好奇你现在的生活状况，却并不在乎你伤痕累累的心脏疼不疼。

当你把负能量暴露出来的那一刻，你就好比在裸奔。

那些真正在乎你的人，会在第一时间出来给你裹上衣服，趁着所有人都来不及反应的时候，陪你体面地离开；泛泛之交大概会简单问你一句："你又怎么了？"然后留下一个似懂非懂的表情包；而跟你不熟悉的人则会站在人群中，和别人一起对着你指指点点，评头论足。

人与人之间是有差距的，但是无论贫富贵贱，他们都必然要经历各种各样的烦恼。能力高的人有能力高的烦恼，而生活贫穷的人有贫穷的烦恼。但是，生活幸福感并非源自物质的贫富，而是大家对待事物的看法。

生活对大家都是公平的，只是，一个人的层次和见识，决定了他所看到的生活是什么样的。层次越高，视野越广，心胸也越豁达。

也正是有了这份见识，才能有苦中作乐的能力，才能呈现出有趣的生活态度。

我的朋友阿吉就是那种能发现有趣生活的人，在她眼里，全世界无一不是美好的。

我们共同的好友蓝经常会因为一点小事和老公吵架，阿吉总劝她，夫妻之间只要能吵架就不是大事，婚姻危机从来都来源于冷战，而吵架只是婚姻里两人感情的一种沟通方式。阿吉有过一段失败的婚姻，双方到最后已经懒得吵架，彼此冷战结束了那段感情。所以她觉得，只要两人还愿意沟通，无论是吵架还是撒泼打滚，都是在乎对方的一种体现。

有段时间，我因为工作遇到瓶颈，一直在抱怨生活辛苦，她劝我："你再辛苦有我创业辛苦吗？你工作八个小时后就能休息，而我每天能休息八个小时就不错了。你完不成的事情可以推给老板，而我只要不工作，就一定失业。"

后来，她创业成功，因为自己经历过那个阶段，就很愿意和别人分享自己遇到的问题及解决方案。

也正是由于她的那些经历，让她的性格变得十分豁达，只要有她在身旁，我们就会觉得原来那么困难的事情，居然也可以不值一提。

由此也可以看出，所谓有趣的灵魂，并不是因为这个人真的天生有多幽默搞笑，而是，当一个人经历得多了，心被撑大了，那些烦恼就变小了。所谓层次高，也是因为费力气爬得高了，站得高了，就容易看淡生活中的各种烦恼，而学会捕捉生活中边边角角的小确幸。

前段时间，因为工作原因，商务宴结束后已是深夜，大老板亲自开车送我回家。刚进小区的时候，有一个遛狗的老太太在车前方慢慢地走，因为不赶时间，也害怕鸣笛会吓到老太太，于是大老板就慢慢开车跟在她后面。

结果几秒后，老太太不经意的回头还是被吓到了，指着大老板的车子大喊："你开车不知道鸣笛的呀，撞到我怎么办？会不会开车呀。"

大老板开窗，十分温和地道歉，并以十分缓慢的速度慢慢开了过去。

我忍不住赞他："老板，你真有涵养。"

大老板笑了笑："她都七老八十了，我何必和她计较，而且今天天气这么热，大家心情难免急躁，她说我几句对我也没一点伤害，谁都不容易。"

我突然理解了，为什么层次越高，一个人的趣味性和涵养就会越好。

因为你只有经过痛苦的攀爬，站到了高处，才会知道每个人都不容易。生活从来都是苦的，只有淡定而从容地面对，乐观而积极地前行，才会让那些负面情绪真正远离自己。